DREAMBOOKS

# 완전기억자

강형욱 현대판타지 장편소설
MODERN FANTASY STORY & ADVENTURE

2

dream
books
드림북스

# 완전기억자 2

초판 1쇄 인쇄 / 2014년 11월 19일
초판 1쇄 발행 / 2014년 11월 26일

지은이 / 강형욱

발행인 / 오영배
책임편집 / 편집부
펴낸 곳 / (주)삼양출판사 · 드림북스

주소 / 서울특별시 강북구 솔샘로67길 92
대표 전화 / 02-980-2112  팩스 / 02-983-0660
편집부 전화 / 02-980-2116  팩스 / 02-983-8201
블로그 / blog.naver.com/dreambookss

등록번호 / 제9-00046호
등록일자 / 1999년 3월 11일

값 8,000원

ISBN 979-11-313-0187-6 (04810) / 979-11-313-0185-2 (세트)

* 지은이와 협의하에 인지는 생략합니다.
* 잘못된 책은 구입한 곳에서 바꾸어 드립니다.

이 도서의 국립중앙도서관 출판시도서목록(CIP)은 서지정보유통지원시스템홈페이지
(http://seoji.nl.go.kr)와 국가자료공동목록시스템(http://www.nl.go.kr/kolisnet)에서
이용하실 수 있습니다. (CIP제어번호: 2014033303)

# 완전기억자

강형욱 현대판타지 장편소설

MODERN FANTASY STORY & ADVENTURE

2

dream
books
드림북스

# 목차

Chapter. 01 ······ 007

Chapter. 02 ······ 029

Chapter. 03 ······ 063

Chapter. 04 ······ 087

Chapter. 05 ······ 127

Chapter. 06 ······ 155

Chapter. 07 ······ 197

Chapter. 08 ······ 229

Chapter. 09 ······ 265

Chapter. 01

심장이 두근거렸다.

지금 당장보다 앞으로의 미래가 더 기대됐다.

과연 얼마나 많은 걸 이뤄 낼 수 있을까.

상상만 해도 심장이 벅차오르는 그런 상황이었다.

대국 사이트에서 나온 뒤 건형은 차분히 생각을 정리했다.
당분간 자신에게 주어진 과제는 이 능력을 어떻게 활용할지
그 방법을 찾는 것이었다. 그러기 위해서는 뇌에 대해 자세
히 알아볼 필요가 있었다.

현재 자신의 능력은 뇌를 기반으로 해서 나오는 것.

문제는 아직 뇌에 관한 연구가 미흡하다는 데 있었다. 뇌라는 것이 본격적으로 연구하기 시작한 지 얼마 되지 않은 데다가 섣부르게 연구하기 어려운 분야였으니 말이다.

그래도 혹시 아직 자신이 읽어보지 못한 뇌에 관한 논문이나 학술지 같은 게 있을까 싶었다.

건형은 인터넷을 다시 키고 학술 전문 사이트에 접속했다. 그러자 갑자기 무수한 알림음이 울리기 시작했다.

"어, 이거 뭐야."

건형이 당황할 때였다. 자신의 닉네임 바로 아래 있는 '쪽지함 보기' 옆 괄호 안에 (221)이라는 숫자가 보였다.

"설마 이게 다 쪽지 온 건 아니겠지?"

건형은 조심스럽게 쪽지함을 확인했다.

쪽지함에 있는 건 12페이지에 달하는 많은 양의 쪽지들이었다.

제목들부터 화려했다.

세계 각국의 다양한 언어들로 작성되어 있었다.

개중에는 건형이 모르는 낯선 언어도 존재했다.

그만큼 다양한 사람들한테서 쪽지가 왔다는 것이었다.

건형은 쏟아지는 관심에 짐짓 얼굴을 붉혔다. 그리고 천천히 쪽지 내용을 하나하나 확인하기 시작했다.

역시 전 세계 공용어는 영어라는 말이 괜히 있는 게 아니었다.

쪽지 대부분은 영어로 이루어져 있었다.

- 반갑습니다. 저는 하버드 대학교에서 교수로 일하고 있는 헨리 잭슨입니다. 당신이 논문 끝에 달아 둔 리플을 보고 감명 깊어서 이렇게 쪽지를 보내게 됐습니다. 한번 만나서 이야기를 나누고 싶습니다. 제 연락처는……

쪽지 대부분은 한번 만나서 이야기를 나눠 보고 싶다는 것이었다.

인터넷이 워낙 발달했다 보니 스카이프 같은 영상통화를 이용하는 건 별로 어려운 일이 아니었다.

그렇게 쪽지를 확인하고 있을 무렵 건형의 시선을 잡아끈 게 하나 있었다.

건형이 댓글을 달았던 그 논문 작성자한테서 온 쪽지였다.

- 제가 간과했던 점을 짚어 주셔서 정말 감사합니다. 당신 덕분에 부족했던 부분을 깨닫게 됐습니다. 앞으로도 저

같은 사람들을 많이 도와주셨으면 좋겠습니다. 다시 한 번
고개 숙여 감사드립니다.


건형은 머리를 긁적였다. 이 논문을 작성한 사람도 최소
삼십 대는 되었을 것이다. 박사 학위 논문이었으니 말이다.

그가 자신을 만나고 자신의 진짜 나이를 알게 된다면 어
떤 반응을 보이게 될까?

아마도 깜짝 놀랄 게 분명했다. 그의 논문의 결점을 지적
한 게 졸업을 2년이나 남겨둔 학부생이니 말이다.

이백여 통이 넘는 쪽지를 겨우 다 읽었을 때 새로운 쪽지
가 도착했다.

이번에 온 쪽지는 이곳 학술 전문 사이트의 운영자에게서
온 것이었다.


　－ 귀하의 공로를 인정하여 정회원으로 등업시켜 드립니
　다. 앞으로도 많은 활동 부탁합니다. 그리고 나중에 꼭 한
　번 연락을 부탁합니다.


실제로 회원 등급도 준회원에서 정회원으로 바뀌어 있었
다.

정회원이 되었다는 건 더 많은 학술 자료를 찾아볼 수 있게 됐다는 이야기였다.

건형은 내친김에 뇌에 관한 논문을 하나도 빠짐없이 불러들였다.

정회원이 되자 원래 볼 수 없던 중요 논문들도 읽을 수가 있었다.

그렇게 수북이 쌓인 논문을 하나둘 읽어가는 동안 건형은 점점 더 발전하고 있었다.

뇌라는 새로운 분야를 정복해 가면서 말이다.


수북이 쌓인 논문 중 마지막 논문까지 읽은 뒤 건형은 천천히 숨을 깊게 들이마셨다.

뇌라는 이 기관은 정말 신비롭기 이를 데 없었다.

인터넷에서 인간의 뇌가 우주와 닮았다는 사진을 본 거 같은데 진짜 그럴 수도 있겠다는 생각이 들 만큼 놀라웠다.

뇌에 대해 알게 되면서 건형은 자신의 능력을 어느 정도 컨트롤할 수 있게 되었다.

무작정 쓰는 게 아니라 적절히 시간을 분배해서 나누어 쓸 수 있다는 걸 알게 된 것이었다.

물론 그것을 조절하는 건 대단히 어려운 일이었다.

아무래도 오랜 연습이 필요할 거 같았다.

그러나 만약 그게 가능해진다면 여러 방향으로 이 능력을 변환해서 사용할 수도 있었다.

뇌가 담당하는 게 '지적 영역' 하나만 있는 게 아니었으니까.

폭넓게 지식을 넓히는 사이 휴대폰으로 연락이 왔다.

전화를 걸어온 건 민수 형이었다.

건형이 반갑게 전화를 받았다.

"형, 무슨 일이에요?"

[무슨 일이 있어야 전화를 하냐? 그냥 할 수도 있는 거지. 술이나 한잔할래?]

"뭐 안 좋은 일 있어요? 목소리가 영 좋아 보이질 않네요."

[그럴 만한 일이 있다. 있다가 얼굴이나 보자. 시간 되지?]

"없는 시간도 만들어야죠. 저번에 갔던 그 고깃집에서 볼까요?"

[그래. 있다 저녁에 봐.]

전화를 끊고 건형은 무슨 일이 있는 게 아닌가 하는 생각이 들었다. 목소리가 영 좋아 보이질 않았다.

"안 좋은 일이라도 있나?"

걱정스러웠다.

민수는 그에게 거의 친형이나 다름없을 정도로 각별한 사이였다.

그렇다 보니 그가 가진 고민이 무엇인지 염려스러웠다.


저녁이 되고 건형은 바깥으로 나왔다.

종로 3가 앞.

분주하게 움직이는 사람들 사이에 건형은 홀로 서 있었다. 눈에 튀지 않는 차림을 한 채 민수를 기다리던 건형은 저 멀리서 걸어오는 사내를 확인했다.

민수였다. 그런데 어째 걷는 자세가 영 부실했다.

건형이 그에게 다가갔다.

"민수 형, 무슨 일 있어요? 왜 이렇게 안색이 좋질 않아요?"

"후, 그럴 일이 있다. 일단 술이나 마시러 가자."

평소 건형도 술을 잘 마시지 않는 편이지만 그건 민수도 마찬가지였다.

그런데 이렇게 만나자마자 술부터 마시자고 하는 게 영 이상했다.

건형이 아는 평소 민수의 모습이 아니었다.

어쨌든 건형은 어색한 얼굴로 민수와 함께 고깃집으로 향했다.

고깃집에 도착하자마자 민수는 큰 목소리로 소리를 질렀다.

"이모, 여기 소주 한 병 먼저 주세요!"

"네~ 손님!"

가게 아줌마가 재빠르게 소주 한 병을 꺼내 왔다. 민수는 소주를 받자마자 잔이 넘칠 정도로 콸콸 따랐다. 그러더니 소주를 그대로 입에 털어 넣었다.

건형이 그런 민수를 걱정스러운 얼굴로 쳐다봤다. 아무리 봐도 오늘 민수는 무언가 이상했다.

"민수 형, 진짜 무슨 일 있는 거 아니에요? 형이 이러는 거 처음 보는 거 같아요."

"후, 속상한 일이 있어서 그래. 일단 아무 말 말고 너도 좀 마셔. 인마."

"아, 네."

민수는 건형 술잔에서도 소주를 따라줬다. 그리고 고기를 채 굽기도 전에 술잔이 먼저 돌기 시작했다.

어느새 민수는 혼자 소주 한 병을 비웠다.

빈속에 소주 한 병을 마신 셈이니 속이 쓰릴 만도 했다.

그러나 민수는 그런 내색조차 보이지 않았다.

"형, 그만 마셔요."

"하아, 내가 좋아하는 동생을 만나서 술 좀 마시면 기분이 풀릴 거 같았는데 왜 더 기분이 꿀꿀해지냐. 답답하다, 답답해."

"무슨 일인데요? 뭐, 안 좋은 일 있어요?"

민수는 고아다. 가족이 없다. 그러니까 가족 일은 아닐 거다.

건형이 민수를 쳐다봤다. 잠시 고민하던 민수가 속내를 털어놨다.

"내가 고아원 출신인 건 알지?"

"네, 알죠. 저번에 이야기해 주셨잖아요."

"오랜만에 고아원 원장님을 뵈러 갈 일이 있었는데……작년부터 후원이 안 들어오나 봐. 그래서 고아원 원장님이 고민이 이만저만이 아니더라고."

"그런 일이 있었어요? 후원이 하나도 안 들어오는 거예요?"

"그래. 경제가 워낙 안 좋다 보니 어쩔 수가 없는 거지. 뭐, 후원해 주는 분들한테 뭐라 할 수 있는 것도 아니고. 그냥 속이 답답하다. 이 현실이 말이야. 원장님은 자신의 어려움을 뒤로하고 고아들을 돌봐주고 있으니까."

"음, 괜찮은 방법이 있을 거예요. 너무 걱정하지 마세요. 정 안 되면 저라도 후원하면 되죠."

"말이라도 고맙다. 근데 단발적인 후원으로는 무리가 있어. 지속해서 사회적 약자에게 관심을 기울여야 하는데 요샌 자기 먹고살기도 바쁘니까. 나라도 빨리 공무원 시험 붙어서 후원해야 하는데 말이야. 그러다 보니 답답해서 술 한잔하자고 한 거야."

"어휴. 제가 나중에 돈 많이 벌어서 평생 후원해 드릴게요. 걱정하지 마세요."

"말이라도 고맙다. 술이나 더 마시자."

두 사람은 그 뒤 연거푸 술잔을 비웠다.

고기를 지글지글 굽는 동안 민수는 계속해서 푸념을 늘어놓았다.

요즘 정부에 대한 비판이었다.

사회적 약자는 무시한 채 자기들 권력욕에 혈안이 되어 민생은 신경 쓰지 않는 그런 태도를 상당히 아니꼽게 생각하고 있었다.

건형도 고개를 끄덕였다.

솔직히 하는 짓이 워낙 밉상이다 보니 이래저래 말이 오고 갈 수밖에 없었다.

"그건 그렇고 방송 이야기나 해 봐. 촬영은 어땠어?"

건형이 촬영을 떠올렸다.

'대한민국, 퀴즈에 빠지다!'의 녹화 촬영은 즐거웠다. 오랜 시간 서 있느라 다리가 아프긴 했지만 그건 대수롭지 않았다.

뭐랄까, 새로운 세계에 들어선 그런 느낌이었다.

게다가 아름다운 여자 아이돌과 함께한 촬영이기에 더욱더 유쾌하고 즐거운 시간이었다.

물론 그것까지 이야기할 순 없었지만.

그때, 민수가 건형의 표정 변화를 읽었다.

그가 눈빛을 빛내며 물었다.

"무슨 일 있었구나. 말해 봐. 무슨 좋은 일이 있었길래 그렇게 입이 귓불까지 걸리냐?"

"……별일 없었어요."

"와, 나는 그래도 너를 정말 아끼는 동생으로 생각하고 있었는데 너는 그렇지 않나 보네. 실망이다, 실망."

결국 건형은 자초지종을 설명할 수밖에 없었다. 이야기를 듣던 민수가 박장대소하며 말했다.

"걔 너한테 관심 있는 거 아니야?"

"에이, 아이돌인데 제가 뭐라고요. 뭐, 사자 출신이나 아니면 재벌 2세 이런 사람들이나 되어야 급이 맞죠."

"그런 게 어딨어. 어린 나이엔 그냥 사랑에 눈이 돌아가는 거야. 잘해 봐. 이러다가 네가 내가 아는 사람 중에 최초로 아이돌하고 결혼하는 거 아닐지 모르겠다."

"농담도 잘하시네요. 그런 거 아니니까 이상한 생각하지 마요."

그렇게 건형이 손사래를 칠 때였다.

주머니에서 요란하게 진동이 울렸다. 건형이 스마트폰을 꺼냈다. 발신자를 확인해 보니 그룹 플뢰르의 메인 보컬인 지현이었다.

지난번 연락처를 주고받았을 때 저장해 뒀던 게 맞다면 분명 지현이었다.

건형이 민수 눈치를 봤다. 무슨 일로 전화를 한 건진 모르겠지만 민수 앞에서 받는 게 부담이 가서였다. 조금 전까지 지현이 이야기를 했었으니 말이다.

그러나 민수는 눈치 백 단이었다. 건형이 슬슬 뒤로 빼는 듯한 모습을 보이자 대충 눈치를 챘다.

"여자한테 전화 온 거지? 받아. 난 괜찮으니까."

"아, 그러니까……."

그 시간에도 진동은 계속해서 울리고 있었다.

하는 수없이 건형이 전화를 받았다.

그렇게 전화를 받았을 때였다.

상대방이 다짜고짜 뜬금없는 질문을 해 왔다.


지현은 요즘 들어 플뢰르의 이름을 알리고자 이런저런 예능 프로그램에 출연 중이었다.

그녀가 출연한 예능만 해도 벌써 세 개째니 말 다했다고 봐야 했다.

이번에 출연하는 방송은 M 본부의 '퀴사모' 라는 프로그램으로 퀴사모는 퀴즈를 사랑하는 모임의 약자였다.

최근 들어 퀴즈 관련 프로그램이 급증하는 와중에 생긴 것으로, 주된 코너 중 하나는 프로그램의 출연자가 지인과 전화 연결을 해서 문제를 내면 그 지인이 정답을 맞히는 그런 형태였다.

정답을 많이 맞힐수록 상품도 받아갈 수 있고 그룹 인지도도 알릴 수 있는, 지현에게는 놓쳐서는 안 되는 그런 코너였다.

다른 출연자들이 지인과 통화를 해서 퀴즈를 푸는 동안 지현은 누구에게 전화를 걸지 생각에 잠겨 있었다.

앞선 출연자들의 지인도 퀴즈를 잘 맞히는 듯 대부분 좋은 성적을 거둬서 부담이 적지 않은 상태였다.

전화번호부를 아래로 쭉 스크롤 내리던 지현은 'ㅂ' 페이지에 멈춰 섰다.

그러고 보니 연락처에 그가 있었다.

다른 방송국의 퀴즈 프로그램에 출연해서 '퀴즈의 신'이라는 호칭을 얻은 그가.

그를 생각하자 얼굴이 붉어졌다.

자꾸 그를 생각하면 이렇게 가슴이 싱숭생숭한 것이 왜 그런 것인지 알 수 없었다.

설마 그를 좋아하게 된 걸까.

그녀는 망설임 없이 전화를 걸었다. 내심 그의 목소리를 또 듣고 싶었다. 지난번 회식 때 그가 언제든 전화하라고 말도 했고.

수신음이 가는 동안 메인 MC가 물었다.

"지현 양, 누구한테 전화를 거셨나요?"

"아는 오빠예요."

"오빠라고요? 오, 이거 잘하면 특종이 되겠는데요? 사사롭게 연락할 정도로 친한 오빠가 누군가요?"

'큰일 났다. 매니저 오빠가 또 싫어하겠네.'

가뜩이나 지난번 회식 때 건형 옆에 바짝 붙어 있어서 스캔들 걱정 안 하느냐고 호되게 혼났는데 이번에는 공중파에서 전화 통화까지 하게 된 걸 알게 되면 단단히 야단맞을 각오를 해 둬야 할 터였다.

그러나 지금 중요한 건 그런 게 아니었다.

경품으로 걸려 있는 저 초대형 LED TV!

저걸 타 가는 게 중요했다.

"두어 번 같이 촬영했던 분이에요. 음, 누군지는 퀴즈 맞히는 거 보면 알게 되실 거예요."

아직 주말에 녹화했던 '대한민국, 퀴즈에 빠지다!'는 방송이 되지 않았기 때문에 MC들로서는 아리송해할 수밖에 없었다.

그때, 전화가 연결됐다.

바깥인지 시끌벅적했다. 옥신각신하는 소리도 들렸다.

"통화 연결됐고요. 지금부터 문제 내 주세요. 시간은 '60초 드립니다!"

그리고 지현이 속사포 랩을 하듯 퀴즈를 내기 시작했다.

60초가 지났다.

1분밖에 안 되는 시간이다.

그런데 메인 MC는 물론 다른 출연자들도 어안이 벙벙한 얼굴로 지현을 쳐다보고 있었다.

1분 동안 주어졌던 퀴즈 10문제를 몽땅 맞혀 버렸다.

그러고도 시간이 남았다. 문제를 내자마자 바로 맞혀 버리니 이건 무슨 잘 짜인 한 편의 드라마를 보는 듯한 느낌이었다.

"와, 대단하신데요. 일단 한번 통화해 보도록 하겠습니다. 여보세요, 안녕하세요?"

들고 있는 스마트폰 너머로 고운 미성이 들려왔다.

[아, 안녕하세요. 도대체 이게 무슨 일인지.]

"퀴사모의 메인 MC 이석재라고 합니다. 실례지만 일단 누군지 말씀 좀 해 주실 수 있을까요?"

[형, 잠깐만요. 방송이래요. 아, 저는 박건형이라고 합니다.]

"박건형 씨군요. 잠깐만, 혹시 저번에 S 본부에서 방영한 퀴즈 프로그램에 출연하신 분 맞나요? 그 퀴즈만으로 20억을 받은······."

[맞습니다. 그런데 이거 방송인가요?]

"예, 그렇습니다. 죄송합니다. 지현 양이 지인에게 전화해서 퀴즈를 내면 지인 분이 전화를 맞추는 코너를 진행 중이었거든요. 밖이신가 보네요?"

[아, 그렇습니다. 아는 형이랑 밥 좀 먹고 있었어요.]

"지현 양, 퀴사모 최초로 모든 문제를 다 맞혔는데요. 소
감을 들어보지 않을 수가 없네요. 지금 기분이 어떠신가요?"

"드디어 숙소에 대형 텔레비전을 들여놓을 수 있게 돼서
기뻐요."

[하하, 요즘 생계형 아이돌이 그렇게 많다더니 사실인가
봅니다. 나와 주셔서 감사합니다, 박건형 씨. 나중에 저희 프
로그램에서도 한번 연락드리도록 하겠습니다. 기회가 되면
패널로 출연 부탁합니다!]

통화가 끊겼다.

건형은 머리를 긁적였다. 무슨 전화인가 했더니 방송 중이
었던 모양이었다. 그래도 지현이 자신을 선택해서 전화했다
는 것은 대단히 기분 좋은 일이었다.

"에이, 이거 솔로는 더러워서 사나. 술이나 마셔야지, 후."

"형, 이게 뭔가요? 별일도 아닌데."

"요새 잘 나가는 아이돌이 딱 너를 지목해서 전화한 건데,
그게 별일 아니라고? 에이, 술이나 더 퍼마셔야지."

"……."

"그보다 너 진짜 대단하다. 어떻게 퀴즈를 그렇게 잘 맞히냐? 어릴 때 무슨 퀴즈만 달달 외우고 살았냐?"

"그건 아니고요. 그냥 어쩌다 보니 잘 맞히게 됐네요."

"어쨌든 내가 아까 말했지. 너한테 관심 있는 거 같다고. 한번 잘해 봐. 젊은 남녀가 눈 맞으면 사귀는 거지 별거 없다? 나 잠깐 물 좀 빼고 올게."

민수가 화장실로 가는 사이 스마트폰이 또 울렸다.

문자가 도착해 있었다.

확인해 보니 지현에게 온 것이었다.

[오빠, 죄송해요. 곰곰이 생각해 보다가 오빠한테 전화하는 게 나을 거 같아서요. 바쁜데 방해한 거 아니죠? 방송 끝나고 문자 드릴게요! :)]

건형은 입가에 미소를 그러곤 답장을 보냈다.

[응, 방송 잘해.]

답장을 보낸 뒤에도 미소는 가시질 않고 있었다.

그러는 사이 민수가 돌아왔다.

민수는 볼썽사납다는 얼굴로 건형을 쳐다봤다.

"인마, 그만 이죽거려. 너한테 한탄하러 왔더니 내상만 입고 가는 기분이다. 어휴."

"아, 죄송해요. 너무 티 났나?"

"······지금 나 약 올리냐?"

"장난이에요."

"그보다 너 개강이 언제지?"

"다음 주부터 개강이에요. 그러고 보니 이번 주에 방송 나오네요. 제가 처음으로 패널로 참여한 방송요. 형도 꼭 보세요."

"그래, 알았다. 그런 의미에서 오늘 술값은 네가 계산하는 걸로 하자."

매서운 민수 눈빛에 건형은 슬그머니 고개를 끄덕일 수밖에 없었다.

술값을 계산하고 건형은 민수를 먼저 집에 돌려보냈다. 그런 다음 택시를 타고 돌아왔다. 집에 돌아오니 벌써 하루가 지난 상태였다.

내일이면 자신이 패널로 참여했던 '대한민국, 퀴즈에 빠지다!' 가 공중파에서 방송되는 날이었다.

그전까지는 별 느낌이 없었는데 막상 공중파에 나온다고 생각하니 두근거리고 설레는 마음이 컸다.

무엇보다 가장 걱정되는 건 시청률이었다. 시청률이 소폭이라도 반등할 수 있을지 그게 염려스러웠다.

건형은 잠들까 하다가 컴퓨터를 켰다. 그리고 연예 뉴스를 검색해 보기 시작했다.

아직 '대한민국, 퀴즈에 빠지다!'에 관한 기사는 없었다. 있다가 오후쯤에 올라오지 않을까 싶었다. 어느 정도 떡밥은 미리 푸는 게 당연한 일이니 말이다.

그렇게 하릴없이 기사를 읽어보던 건형은 슬슬 잠자리에 들었다.

내일은 학교에서 조금 더 가까운 거리에 괜찮은 전셋집을 알아볼 생각이었다. 주택도 괜찮았고 오피스텔도 나쁘지 않았다.

엄마하고 같이 사는 것도 괜찮긴 하지만 그러기엔 제약이 너무 많았다. 왜 자취하다 보면 집 밥이 그립긴 하지만 막상 본가로 올라가려 하면 꺼린다는 말이 있지 않은가.

대표적인 이유는 크게 소리를 키워 놓고 컴퓨터를 할 수 없다는 거긴 하지만.

어쨌든 건형으로서는 나름 즐거운 하루였다.

자신의 능력을 어떤 식으로 사용할지 조금 더 생각의 저변을 넓혔을 뿐만 아니라 지현과 조금 더 가깝게 지낼 수 있게 되었으니까.

Chapter. 02

민수와 술을 마시고 난 이튿날 건형도 이사를 서둘렀다.

건형은 괜찮은 가격의 오피스텔로 들어가기로 마음먹었다. 전세 계약서를 작성하고 그날 바로 입주를 시작했다.

짐은 많지 않아서 딱히 누구를 부를 필요 없었다.

요즘 이삿짐센터들은 알아서 척척 날라주기 때문에 그냥 오피스텔에 가서 기다리고 있으면 됐다.

그렇게 이사를 하고 새집으로 옮긴 뒤 딱히 할 일은 없었다. 그냥 논문 사이트에 들어가서 논문을 읽어보고 인터넷을 돌아다니며 새로 발표된 학설 같은 게 있나 찾아보는 정도였다.

그러면서 내심 아쉬운 건 더 많은 정보를 구하기 어렵다는 점이었다. 그런 의미에서 꼭 가보고 싶은 곳은 미국의 의회도서관이었다.

그러나 곧 개강도 하는데다가 미국에 연줄이 없다 보니 의회도서관에 가는 건 사실상 불가능하다고 봐야 했다.

아쉬울 수밖에 없었다.

건형에게 미국 의회도서관은 일종의 보물 창고나 다름없었으니까.

그렇게 애써 아쉬움을 달래며 학술 전문 사이트를 둘러보고 있을 때였다.

삐— 하는 알람이 울리며 쪽지가 도착했음을 알렸다.

건형이 쪽지를 확인했다. 요즘 학술 전문 사이트에 들릴 때마다 빠지지 않고 쪽지가 오고 있었다.

대부분은 한번 전화로 이야기를 나눠 보고 싶다거나, 혹은 자신의 논문에 결점이 없는지 알아봐 달라 등의 이야기였다.


- 안녕하십니까? 저는 하버드대의 헨리 잭슨입니다. 귀하와 꼭 이야기를 나눠 보고 싶습니다. 연락 부탁합니다.

이번에도 헨리 잭슨이었다. 그날에도 제일 먼저 쪽지를 보내더니 오늘도 쪽지를 보낸 것이었다.

건형은 머리를 설레설레 저었다. 이 사람의 고집도 알아줘야 할 거 같았다.

하는 수없이 건형은 휴대폰을 들었다. 계속해서 쪽지가 오게 내버려 두기도 귀찮았다. 한 번 정도 전화 통화를 하는 건 문제 되지 않을 듯했다. 여기에 있는 사람들이 스토커 짓을 하는 것도 아니고 말이다.

그 전에 시간을 확인했다.

오전 열 시.

하버드 대학교가 있는 매사추세츠주 시간으로는 저녁 아홉 시쯤이 되었을 것이다. 아직 일어나 있을 터였다.

건형은 주저 없이 전화를 걸었다.

한참이 지나고 상대가 전화를 받았다.

[여보세요? 누구십니까?]

"반갑습니다, 헨리. 당신이 계속 쪽지를 보내는 통에 이렇게 연락을 하게 됐습니다."

[설마 ghpark999가 맞습니까?]

"그렇습니다. 저하고 무슨 이야기를 나누고 싶어 하신 겁니까?"

[영광입니다. 요즘 학회를 나가 보면 당신에 관한 이야기가 주를 이루고 있죠. 진짜 한 번 대화를 나눠 보고 싶었습니다. 그런데 혹시 남한에 거주 중이십니까?]

아마 전화를 걸면서 국제번호가 떴을 것이다.

건형이 스스럼없이 고개를 끄덕였다.

"그렇습니다. 남한에 있습니다."

[그렇군요. 같은 미국에 있었다면 직접 만나서 이야기를 나눴을 텐데 아쉽습니다. 혹시 시간이 되신다면 한번 미국에 와 보시는 건 어떻겠습니까? 그렇지 않아도 며칠 뒤 하버드 대학교에서 학회가 열릴 예정입니다.]

"좋은 기회지만 시간을 낼 수 없을 거 같습니다."

[아쉽군요. 제가 당신과 연락을 나누고 싶었던 건 어떻게 그 짧은 시간에 논문의 결점을 찾아냈는지 그게 궁금해서였습니다.]

"평소 관심 있던 분야라서 주의 깊게 읽었든 터라 그랬던 거 같군요. 별거 아닙니다."

[별거 아니라니요. 사실 그 논문은 제가 아끼는 후배가 올렸던 것입니다. 그래서 저도 꽤 많이 신경을 써서 봐줬는데 그런 결점이 있을 거라고는 상상도 하지 못했습니다. 그래서

더 놀라웠고요.]

건형이 관자놀이를 지그시 눌렀다.

왜 이렇게 끈질기게 연락을 하나 했더니 그럴 만한 이유가
있었다. 다른 사람도 아니고 아끼는 후배가 올린 논문이라
고 하니 그럴 수밖에 없었던 것이었다.

"그냥 운 좋게 찾아냈을 뿐입니다. 과찬이시군요."

[그렇지 않습니다. 그러지 마시고 한번 찾아와 주시는 건
어떻겠습니까? 모든 편의를 다 제공해 드릴 것을 약속합니
다. 당신이라면 학회의 모든 학자가 원할 겁니다.]

모든 편의를 다 제공한다는 말이 조금 솔깃했다.

일단 공짜라는 말엔 누구라도 솔깃할 수밖에 없는 법이
다.

건형이 슬그머니 물었다.

"언제 학회가 시작합니까?"

[다음 주 월요일에 열립니다. 삼 일 정도 진행될 것입니
다.]

그 정도면 시간대도 나쁘지 않았다.

'대한민국, 퀴즈에 빠지다!' 촬영은 매주 토요일에 있다.
학교 개강이 다음 주에 있긴 하지만 원래 첫 번째 주는 빠
져도 된다. 그렇게 치면 한번 미국을 갔다 오는 것도 나쁘지

않을 거 같았다.

사실 미국에 갔다 오고 싶은 이유가 하나 있었다.

그건 미국의 도서관들 때문이었다. 그곳에는 정말 막대한 양의 장서들이 보관되어 있다고 했다. 하버드 대학교도 마찬가지였다. 그곳에 소장된 장서들을 전부 다 읽을 수 있다는 건 건형에게는 신이 내린 축복이나 다름없었다.

물론 의회도서관을 찾아가긴 힘들 터였다. 시간이 그렇게 비는 것도 아니고 학회에 참석해 달라고 하는 거였으니까.

그래도 하버드 대학교가 자랑하는 와이드너 도서관을 둘러보고 그곳의 책들을 읽어볼 수 있을 듯했다.

그것만 해도 최고의 기회라는 생각이 들었다.

"한번 생각해 보도록 하겠습니다. 근데 비자를 발급받을 수 있을까요?"

[한번 알아보도록 하겠습니다. 어느 대학교에서 근무하고 계십니까?]

"Y 대학교에 재학 중입니다."

[응? 교수님이 아니십니까?]

"학부생입니다만……."

[대학원생이시란 말씀이십니까?]

"대학생입니다."

[……]

잠시 말이 없었다.

건형은 그런 헨리의 마음을 어느 정도 짐작할 수 있었다. 최소 어느 정도 명망 있는 교수라고 생각했는데 대학원생도 아니고 학부생이라고 한다.

당연히 의심이 갈 수밖에 없을 터였다.

[정말 ghpark999가 맞습니까? 저는 당신이 한국의 명망 있는 교수라고 생각했습니다. 이건 정말 어메이징하군요. 놀랍다는 말밖에 나오질 않습니다.]

건형도 그 말에 민망해하며 대답했다.

"그렇게 저를 높이 봐주셔서 감사합니다. 그러나 저는 Y 대학교에 재학 중인 학생입니다. 만약 그래서 실망하셨다면……."

[아닙니다. 오히려 더 흥미로워졌습니다. 어떻게 학부생이 그 정도 실력을 보여준 것인지 궁금합니다. 국무부에 요청해보겠습니다. 아마 별다른 일이 아니라면 분명히 제 청을 들어줄 것입니다. 그럼 미국에서 뵙겠습니다.]

그 뒤, 몇 가지 이야기를 더 나눴다.

그가 물어본 건 건형의 이름, 나이 등 간단한 신상 정보였다.

그리고 며칠 뒤, 미국 대사관에서 연락이 왔다.

미국 입국을 허락한다는 비자가 발급됐다는 것이었다.


미국 대사관에서 연락이 오기 전까지 건형은 바쁘게 시간을 쪼개서 보내고 있었다.

헨리 잭슨과 대화를 나눈 이튿날 '대한민국, 퀴즈에 빠지다!' 가 방송이 됐다.

건형은 두근두근 떨리는 마음을 감추지 못한 채 텔레비전을 뚫어지게 쳐다봤다.

한참 동안 광고가 나오고 본격적으로 방송이 시작됐다.

한 시간 십 분.

'대한민국, 퀴즈에 빠지다!' 의 방송시간이었다.

초조하게 방송을 보던 건형은 방송이 끝나자 한숨을 돌릴수 있었다. 그리고 얼마 지나지 않아 휴대폰이 계속해서 울리기 시작했다.

절친들부터 시작해서 곳곳에서 연락이 오고 있었다.

그래도 '대한민국, 퀴즈에 빠지다!' 는 공중파 프로그램이었다. 그리고 시청률도 꽤 높았다. 당연히 그를 알아본 사람들이 많을 수밖에 없었다.

얼마 지나지 않아 기사도 뜨기 시작했다.

대부분 '퀴즈의 신'이라는 그의 별명을 붙인 제목으로 기사들이 올라오고 있었다.

건형은 그것을 보며 머리를 긁적였다.

사실 머릿속 이 능력이 없었다면 퀴즈의 신이 되는 것도 불가능했을 터였다. 그리고 언제 이 능력이 사라질까 조마조마했다. 계속 유지되는 걸 보니 당분간은 걱정하지 않아도 될 거 같긴 했지만 사람 일이라는 게 모르는 것이었다.

그렇게 기사를 훑어보던 건형은 책상 옆에 놓인 초콜릿을 한 움큼 집어먹었다. 이 능력을 사용하고 난 뒤 이상하게 시도 때도 없이 배고플 때가 있었다. 그리고 특히 단 게 많이 땅겼다.

그래서 얼마 전 마트에서 초콜릿을 대량으로 사들인 다음 허기가 질 때마다 먹고 있었다. 그런데 며칠 정도 시간이 지나고 잔뜩 사 둔 초콜릿이 순식간에 동난 걸 보고서는 뇌를 의심하고 있었다.

지나치게 이 뇌의 능력을 사용하면서 더 많은 칼로리를 소모하게 된 게 아닌가 싶었던 것이다. 그리고 그것 때문에 초콜릿 같은 걸 입에 달게 된 거 같았다.

"이러다가 살찌겠는데."

칼로리 소모가 많다고 한들 초콜릿은 기본적으로 지방이

꽤 많았다.

그렇다 보니 요즘 들어 뱃살이 조금씩 늘어나는 듯한 기분이 들고 있었다.

"아무래도 다이어트도 신경 써야겠네."

전신 거울을 들여다보던 건형은 군데군데 조금씩 삐져나오려고 하는 살집을 확인했다. 그래도 나름 관리하고 있다고 자부하고 있었는데 아닌 모양이었다.

"먹는 걸 줄이던가 해야 하는데 항상 배가 고프니까 문제네. 나중에 해결하는 방법이 있나 찾아봐야겠다. 관련 논문이 있으려나."

원래 모든 일은 사소한 것에서 시작되기 마련이다.

*       *       *

건형은 미국행 비행기에 오르고 있었다.

헨리 잭슨이 보내준 티켓은 퍼스트 클래스였다. 부담이 가는 건 사실이었다. 그리고 어떻게 그가 이런 대우를 해 줄 수 있는지 궁금하기도 했다.

건형이 발급받은 비자는 O1이었다. 과학, 예술, 운동, 교육 분야에 특수한 재능을 가진 사람이 받을 수 있는 것으로 헨리 잭슨이 꽤 힘을 쓴 모양이었다.

사실 건형은 미국에 가기 전 그를 조사해 봤다. 단순히 하버드 대학교 교수라고 해서 믿고 갈 순 없는 노릇이기 때문이었다.

미국 국무부에서 비자 발급을 해 줘서 약간 신뢰가 올라가긴 했지만.

그리고 그에 대해 알아본 뒤 건형은 고개를 설레설레 저을 수밖에 없었다. 알고 보니 그는 몇 년 전 필즈상을 받은 적이 있는 뛰어난 수학자였다.

게다가 그가 말한 학회는 세계 각국 유수의 학자들이 모여 토론하는 꽤 규모 있는 학회로 그 이름값이 어마어마했다. 웬만한 학자들은 초대받을 수 없다고 하니 그 위용을 알 만했다.

단순히 의회도서관과 하버드대 도서관을 방문해서 그 안의 책을 읽고 싶었던 건형으로서는 조금 찔리는 감이 없지 않아 있었다.

그래도 명망 높은 학자들을 만날 수 있다는 건 건형에게는 좋은 경험이 될 수 있었다. 그리고 생각의 저변을 넓힐 좋은 기회라고 할 수 있었다.

퍼스트 클래스에 누워 편하게 비행을 한 덕분에 별다른 피로감 없이 보스턴 로건 국제공항에 도착할 수 있었다.

공항 밖으로 나온 건형은 자신을 마중 나온 사람들을 볼 수 있었다. 그들은 피켓을 들고 있었다. 그 피켓에 적힌 내용은 'ghpark999'였다.

학술 논문 사이트의 자신의 'ID'.

건형은 머리를 긁적이며 그들에게 다가갔다.

그러나 그들은 그런 건형을 보며 고개를 갸우뚱거리고 있었다.

"무슨 일 있습니까?"

"혹시 ghpark999를 찾는 게 아니십니까?"

"그렇습니다. 혹시 당신이 ghpark999입니까?"

"예, 박건형이라고 합니다. 박이라고 부르시면 될 거 같군요."

"와, 이럴 수가! 정말 상상도 못했습니다. 당신이 학부생이라는 말은 들었지만, 솔직히 그건 농담일 거로 생각했습니다. 그런데 이렇게 어릴 줄이야. 정말 믿을 수가 없군요."

"말도 안 돼. 당신이 내 논문을 읽고 평가한 그 사람이 맞단 말입니까! 오, 쉣. 도대체 어떻게 그 짧은 시간에 내 논문을 평가할 수 있던 것입니까? 알려 주십시오."

두 남자는 정신없이 이야기를 떠들어 대고 있었다.

건형이 잠시 그들을 진정시켰다. 그리고 차분한 목소리로 말했다.

"저는 아직 두 분의 이름도 모릅니다."

"아, 죄송합니다. 이거 결례를 범했군요. 반갑습니다. 제가 헨리 잭슨입니다."

헨리 잭슨은 몇 년 전 필즈상을 받았을 때의 사진보다 더 나이 들어 보였다. 그리고 금발이던 머리는 새하얗게 변해 있었다. 그래서 건형이 긴가민가해하며 얼굴을 못 알아본 것이었다.

그 옆에 있는 장년인도 악수를 건넸다.

"처음 뵙겠습니다. 저는 마이클 로얀이라고 합니다. 헨리 교수님의 후배입니다. 그리고 사이트에 논문을 올렸던 그 장본인이기도 합니다."

"아, 반갑습니다. 박건형입니다. 저는 평범한 학부생입니다. 그냥 운 좋게 결점을 찾게 돼서 그것을 이야기한 거뿐인데 다들 너무 높게 평가해 주시니 사실 조금 의아할 따름입니다."

"하하, 너무 겸손하시군요. 동양에서는 겸손한 걸 미덕으로 여긴다고 들었습니다만 너무 겸손한 건 오히려 얕잡아보기에 십상입니다. 저는 미스터 박이 정말 마음에 듭니다. 일단 가시죠."

세 사람은 사이좋게 바깥으로 나왔다. 건형이 캐리어를 끌고 가는 동안 마이클이 운전석에 탑승했다. 그리고 그 뒷좌석에 헨리와 건형이 함께 탔다.

낡은 포드 자동차가 하버드 대학교를 향해 가는 사이 헨리가 입을 열었다.

"솔직히 많이 궁금했습니다. 아무래도 그 사이트는 익명으로 유지되다 보니 누가 누군지 모르는 경우가 많습니다. 논문 같은 경우도 대부분 자신의 이름을 비공개로 하는 경우가 많죠."

대부분 공개된 학술 정보 사이트와 다르게 그 사이트는 비공개로 운영된다. 자신의 이름을 숨기고 논문을 올리는데 그 이유는 하나다.

마음껏 부담 없이 논문을 공유하고자 하는 목적에서다. 더 다양한 학문의 발달을 위해서인데 그곳 논문을 외부로 유출하는 건 엄격히 금지되어 있다.

실제로 많은 사람한테 공개된 것도 아니었고.

어쨌든 헨리가 계속해서 말을 이었다.

"학회는 사흘 동안 계속될 겁니다. 그동안 많은 대화를 나눴으면 합니다. 다시 한 번 하버드 대학교에 오신 걸 환영합니다."

얼마 지나지 않아 그들 일행은 하버드 대학교에 도착할
수 있었다.

건형은 하버드 대학교를 올려다봤다. 사진에서 보던 것과
는 느낌이 달랐다. 고풍스러운 건물들과 현대식 건물들이 절
묘하게 조화를 이루고 있었다.

하버드 대학교에 도착하자마자 건형이 헨리 교수를 바라
보며 물었다.

"와이드너 도서관에 들어가 볼 수 있을까요?"

와이드너 도서관은 하버드 대학교의 중앙도서관으로 300
만 권의 장서를 보관하고 있는 곳이다.

헨리 교수가 흔쾌히 고개를 끄덕였다.

"물론입니다. 이건 방문증입니다. 제 이름으로 발급을 받
았으니 어디든 돌아다니는 데 지장이 없을 겁니다. 그리고
이건 숙소 열쇠입니다."

그밖에 헨리 교수는 잡다한 물건들을 건형에게 건넸다.

캐리어는 마이클 교수가 숙소에 보관해 두기로 하고 건형
은 헨리와 함께 와이드너 도서관으로 발걸음을 옮겼다.

도서관 건물 앞 널찍한 돌계단을 걸어올라 현관 안으로
들어섰다.

높은 천장의 홀이 한눈에 들어왔다.

헨리 교수가 안으로 들어오자 도서관에서 근무 중이던 사서들이 그를 반겼다.

"어서 오세요, 헨리 교수님."

"도와 드릴 거라도 있나요?"

"아닐세. 이 친구 때문에 왔네. 이 친구의 편의를 좀 봐줬으면 좋겠어."

"물론입니다, 교수님."

"그럼 미스터 박, 있다 저녁이나 같이 드십시다."

헨리 교수가 떠나고 건형은 도서관을 둘러보다가 오른쪽에 있는 문을 열고 사무실 안으로 들어갔다. 그리고 짧은 통로를 지나쳐 출입문을 통과하니 1층 서고가 한눈에 들어왔다.

사람의 손이 닿을 만한 높이의 책장이 약간 좁은 간격을 두고 촘촘히 비치되어 있었다.

이러한 서고가 위로 6층, 아래로 4층 모두 10층에 걸쳐 있고 옆 건물에 또 지하 3층 깊이의 서고가 있다고 하니 그 규모를 익히 짐작할 만했다.

건형은 코끝에 감도는 약간 퀴퀴하지만 향긋한 책 냄새를 맡으며 가장 가까이에 있는 서고에 다가갔다. 그리고 그 순간 그의 머릿속에 있는 세포들이 분열하기 시작했다. 어마어마한 화학작용과 더불어 그의 지적 영역이 빠른 속도로 확대되었다.

또한, 그것은 순식간에 그의 지적 영역을 극대화했고 그와 함께 건형은 빠른 속도로 하버드 대학교에 있는 책들을 읽어 나가기 시작했다.


이번이 세 번째 경험이다.

첫 번째는 학교 중앙도서관에서, 두 번째는 국회도서관에서 그리고 세 번째는 오늘 하버드대 와이드너 도서관에서였다.

중앙도서관과 국회도서관에서 눈치 없이 행동하다가 사서하고 말다툼해 본 경험이 있기 때문에 와이드너 도서관에서는 될 수 있는 대로 다른 사람들의 주의를 끌지 않으면서 책을 읽는 데 열중했다.

그렇게 책을 읽다 보니 슬슬 저녁 무렵이 다 되어 가고 있었다.

어느덧 도서관도 문을 닫을 시간이었다.

아쉬웠다.

아직 남아 있는 책들이 이렇게 많은데.

하는 수없이 건형은 도서관을 나왔다. 그리고 헨리 교수가 알려준 내용대로 숙소를 향해 찾아갔다.

머릿속에는 하버드 대학교의 지도가 통째로 들어 있었다. 길을 찾는 건 어렵지 않았다. 수십 년 이곳에서 생활한 사람처럼 건형의 발걸음에는 망설임이 없었다.

숙소에 도착하고 얼마 지나지 않아 전화가 왔다.

헨리 교수였다.

같이 저녁 식사를 하자고 초청하고 있었다.

그가 보낸 차를 타고 이동한 지 얼마 되지 않아 근사한 야외 테라스가 갖춰진 레스토랑에 도착할 수 있었다.

야외 테라스로 나오자 헨리 교수와 마이클 교수 그리고 또 한 명의 젊은 여성을 마주할 수 있었다.

그녀는 건형이 안으로 들어오자 성큼 걸어 나와 악수를 건넸다.

"반가워요. 제인이라고 해요. 헨리 교수님한테는 이야기 많이 들었어요."

"박건형이라고 합니다. 저를 아십니까?"

"물론이죠. 마이클하고 제 논문을 손봐 주셨잖아요."

"아……."

건형이 고개를 주억거렸다.

그때, 마이클 말고 논문 몇 개를 손본 적이 있었다. 아마 그중 한 편의 저자인 모양이었다.

"일단 앉으세요. 헨리 교수님이 많이 기다리셨어요."

그들과 대화를 나누며 건형은 두 사람이 헨리 교수의 후배고 헨리 교수가 가장 아끼는 측근이라는 것도 알 수 있었다.

헨리 교수는 수학계 거장으로 이번 학회의 중심인물 중 한 명이기도 했다.

"이번 학회가 정말 기대됩니다. 제가 당신을 초청한 건 다른 이유에서가 아니었습니다. 당신과 대화를 하면서 많은 학자가 자신의 지식의 한계를 늘릴 수 있지 않을까 생각해서였습니다."

"저는 그렇게 대단한 사람이 못됩니다. 단순히 암기를 잘할 뿐입니다."

"그렇지 않습니다. 암기만 잘한다고 해서 다른 사람의 문제를 꿰뚫어볼 수 있는 건 아닙니다. 그러기 위해서는 암기 못지않게 이해하는 것도 중요하죠. 여기 머무르는 동안 서로 좋은 대화를 나눴으면 합니다."

"알겠습니다."

그 뒤 별다른 대화는 없었다. 그저 살아가는 이야기가 오갈 뿐이었다.

그렇게 하루가 마무리됐다.

학회는 내일부터 있을 예정이었다.

건형은 와이드너 도서관에 한 번 더 다녀오기로 했다. 머무르는 동안 자유 시간은 줄곧 도서관에서 보내기로 마음먹은 건형이었다.

아침 일찍부터 와이드너 도서관에 출근하다시피 한 건형은 부지런히 책장을 돌아다니며 새로운 지식을 흡수하기에 바빴다.

그가 종일 도서관에서 머무르다시피 했더니 이미 이곳 직원들하고도 두루두루 친해진 상태였다.

와이드너 도서관이 보관하고 있는 장서는 머릿속에 기억되어 있었다. 어디에 어떤 책이 있는지 눈을 감고 가도 알 수 있을 정도로 말이다.

그렇게 점심이 다 되어갈 무렵까지 책을 읽던 건형은 그 즐거움에 빠져 무아지경에 빠져 있었다. 주변의 잡음은 일체 지운 채 책에만 집중하고 있었다.

그러다가 책 한 권을 다 읽은 다음 다른 책을 읽으려 할 때였다. 그 사이 살짝 정신이 흐트러졌고 바깥이 소란스러워졌다는 걸 알 수 있었다.

건형은 혹시나 하는 생각에 밖으로 나왔다.

도서관 앞이 꽤 붐비고 있었다. 왜 그러는 건지 궁금해진 건형이 데스크로 향했다.

"무슨 일 있나요?"

"헨리 교수님의 손님이시군요. 휴, 잠시 전산망이 꼬이면서 도서관 데이터베이스가 몽땅 사라져 버렸어요. 그거 때문에 문제가 생겼네요."

안경을 쓴 이십 대 청년이 한숨을 길게 내쉬었다. 그 때문에 꽤 많은 수의 학생들이 줄을 길게 서고 있었다.

대출하거나 자신이 원하는 책을 찾거나 정보를 검색하기 위해서는 도서관의 데이터베이스를 이용해야 하는데 그러지 못하고 있어서였다.

"도와 드릴 일이라도 있나요?"

"대출이야 저희가 메모장에 적어 두면 그만인데 정보를 검색해 줄 수 없다는 게 난감하네요. 저희라고 이 도서관 안에 있는 모든 책을 다 읽어 본 게 아니니까요."

건형은 곰곰이 생각에 잠겼다. 한국이라면 이런 일은 벌이지 않았겠지만 여기는 미국이었다. 그리고 자신이 약간 도움을 준다고 해서 딱히 큰일이 되진 않을 터였다.

"내가 도와주도록 할게요."

한편으로는 이틀 동안 이곳 도서관에 왔다 갔다 하면서 자신에게 편의를 봐줬던 이곳 도서관 사람들을 돕고 싶기도 했다.

"네? 뭐를요?"

그때, 건형이 줄지어 서 있는 사람들에게 소리쳐 말했다.

"도서관 데이터베이스를 찾아보러 오신 분들은 저한테 오세요. 제가 위치를 알려드리도록 하죠."

"저기 미스터 팍, 그게 무슨 말이에요? 컴퓨터 없이는 찾아볼 수 없어요."

"괜찮으니까 뭐든지 물어봐요. 얼마든지 대답해 줄게요."

건형이 자신감 있는 어조로 말했다.

그러자 가장 맨 앞에 서 있던 금발 머리에 굴곡진 몸매를 자랑하는 여자가 성큼 다가와 물었다.

"제가 찾는 책은 LINEAR ALGEBRA라는 책이에요. Bernard Kolman이 지은 책이고요. 어디에 있는지 알려주실 수 있나요?"

그게 시작이었다.


종국에는 소문이 알려져 수백 명의 사람이 건형을 둘러싼 형태가 됐다.

이야기를 듣고 찾아온 헨리 교수는 혀를 내둘렀다.

"정말 신기한 사람이구먼. 도대체 뭐하는 건지 모를 정도야."

"그러게 말입니다. 아직도 질문을 받고 있는 모양이군요. 데이터베이스는 정상으로 돌아왔다고 들었는데 말이죠."

"데이터베이스를 검색해서 찾는 것보다 미스터 팍이 직접 말하는 게 더 빠르다고 하니 말 다한 거지 뭔가. 여하튼 믿기 힘든 일이야."

"제가 불러올까요?"

헨리가 그런 마이클을 만류했다.

"아니야. 우리도 한 번 구경해 보자고. 그가 얼마나 더 활약할 수 있을지 말이야."

헨리는 흥미진진한 얼굴로 가운데 서서 사람들의 질문에 답변해 주는 건형을 바라봤다. 보면 볼수록 매력적인 사람이었다.

그러니까 국무부에 연락을 넣어 그를 이곳 미국까지 데려온 것이기도 했지만.


건형은 막힘이 없었다.

무엇 하나 틀리지 않고 모든 것의 정답을 이야기했다.

마치 머릿속에 백과사전 아니 컴퓨터가 통째로 들어 있는 사람 같았다.

이젠 단순히 데이터베이스뿐만 아니라 그 밖에 여러 정보에 대해서도 몽땅 물어보고 있었다. 건형으로서는 무슨 퀴즈 쇼를 푸는 기분이었다.

그렇게 수백 명이 묻는 말에 일일이 대답하고 있을 때였다.

누군가가 손을 번쩍 들었다.

건형이 그녀를 가리켰다.

"네, 물어보세요. 어떤 책이 궁금하신가요?"

"저는 말기 암 환자예요. 하루를 고통스럽게 보내고 있죠. 저는…… 언제 죽죠?"

"……."

건형은 그 질문을 받는 순간 말문이 막혀 버렸다.

책의 위치나 내용을 대답해 주는 자리에서 공교로운 질문을 받은 것이다.

하지만 건형은 단순하게 모른다고 대답하거나 그녀의 희망을 저버리고 싶지 않았다.

'단순히 책 내용을 언급하는 건 안 돼. 그녀가 원하는 건…… 희망이다.'

건형은 그녀에게 해 줘야 할 말을 필사적으로 떠올리고 골라냈다. 그 순간 뇌에서 또 다른 변화가 시작됐다.

이미 한계치까지 활성화된 지적 영역이 그 한계를 넘어 새로운 영역으로 넘어갔다. 머릿속에 있는 모든 지식이 서로 맞물리고 연계돼 새로운 지식을 만들어 냈다. 건형의 사고가 무한히 확장됐다.

건형은 무의식적으로 한 걸음 나아가 그녀의 손을 꽉 잡았다.

"지금 고통스러우신가요?"

손을 잡힌 그녀는 잠시 당황했지만 이내 침착하게 대답했다.

"네, 너무 고통스러워요."

"그 고통이 큰가요, 아니면 당신이 죽은 모습을 상상했을 때가 더 고통스러운가요?"

"그, 그건……."

그녀는 잠시 우물쭈물하다 눈물을 흘렸다.

"제가 죽었다는 게 더 고통스러워요."

죽으면 아무것도 할 수 없다. 지금까지 이뤄 온 것도 포기해야 하고 이제는 사랑하는 가족들도 볼 수 없게 된다.

그제야 그녀는 깨달았다. 진정 고통스러운 것이 무엇인지.

그런 것들을 떠올리니 암으로 말미암은 고통이 별거 아니라는 생각이 들었다.

건형은 그녀의 눈을 똑바로 바라보면서 차분하게 얘기했다.

"사소한 고통에 얽매이지 말고 내일 웃고 해 나갈 일을 생각하세요. 내일을 잊지 않는 한 당신은 죽어 있지 않습니다. 당신은 지금 여기, 살아 있습니다."

그녀는 결국 울음이 터졌고 건형은 그녀를 품에 안고 다독여 줬다.

주변에서 보던 사람들도 눈시울을 붉히거나 일부는 손뼉을 치며 환호하기도 했다.

모두 그녀의 고통에 공감하면서 새로운 내일을 걸어갈 힘을 얻게 된 걸 축하하는 것이다.


건형은 그 말을 끝으로 와이드너 도서관을 나왔다.

헨리 교수와 마이클이 그 뒤를 쫓았다.

도서관 근처에 잘 조성된 숲에 도착한 건형은 벤치에 자리를 잡고 앉았다.

한숨이 새어 나왔다.

희망을 심어 주기는 했지만, 근본적인 해답은 되지 못했다.

'이 뇌의 능력을 더 응용할 수 있다면 암 치료제를 개발할 수도 있을까?'

암 관련 서적도 많이 읽었고 암 의학 서적도 읽어 봤지만, 그 안에 치료법이 적혀 있진 않았다.

하지만 제대로 된 의학 서적을 읽고 연구한다면 그 실마리를 발견할 수도 있지 않을까 하는 생각이 들었다.

건형이 고민하고 있을 때 헨리 교수가 그에게 다가왔다.

"미스터 팍, 무슨 고민이 그렇게 많으신가?"

"아, 헨리? 제가 여기 있는 건 어떻게 아셨습니까?"

"도서관에 있다고 하길래 찾아갔다가 흥미로운 광경을 봤습니다. 정말 놀랍더군요. 감명 깊은 장면이었습니다."

"하하. 약 올리시는 건 아니리라 믿겠습니다."

"그럴 리가요. 내일부터 학회가 시작됩니다. 많은 이야기를 나눴으면 합니다."

건형이 고개를 끄덕였다.

"그럼 내일 뵙겠습니다."

"그러도록 하죠. 내일 마이클을 보내겠습니다. 같이 오시면 될 겁니다."

　　　　*　　　*　　　*

　학회는 즐거웠다.

　학회에서 건형은 수많은 학자와 많은 대화를 나눌 수 있
었다. 즐겁기 이를 데 없는 일이었다.

　그들 모두 명문대의 교수로 재임 중이거나 혹은 명성이 자
자한 학자들이었다. 그런 사람들 사이에서 건형은 젊은 나이
로는 단연 두각을 드러냈다.

　막히는 분야 없이 모든 분야에서 다재다능함을 드러내는
그를 보며 학자들은 감탄했다.

　개중 몇몇은 같이 연구해 보지 않겠느냐며 건형을 스카우
트하려 했을 정도였다.

　어쨌든 학회는 사흘 동안 이어졌다.

　그동안 건형은 여러 학자와 두루두루 친하게 지낼 수 있
었다. 그렇게 낮에는 도서관에서 글을 읽고 오후부터는 학회
에 참석해서 학자들과 대화를 나누는 시간을 가졌다.

　그러다 보니 어느덧 슬슬 귀국해야 할 시간이 찾아오고
있었다.

　이미 개강은 한 상태, 첫 주는 빠져도 된다고 하지만 그래
도 웬만하면 안 빠지는 게 맞았다. 그리고 슬슬 '대한민국,

퀴즈에 빠지다!' 녹화방송도 준비해야 했다.

그래도 아쉽기 이를 데 없었다. 조금 더 여기에서 머무르며 많은 학자와 대화를 나누고 싶었다. 그들과 대화를 하면서 건형은 자신의 지적 영역이 더 넓어졌다는 걸 깨닫고 있었다.

또, 단순히 지적 영역이 넓어진 게 아니라 다양한 학문을 익히면서 그 학문을 서로 융합해서 새로운 방향으로 발전시키는 힘을 얻을 수 있었다.

단지 암기를 잘하고 그 암기한 것을 이해하는 것에 그치는 게 아니라 새로운 영역으로 나아갈 수 있게 된 것이었다.

이건 건형에게 크나큰 변화라 할 수 있었다.

예전에는 그것을 알고 이해하는 데 그쳤다면 이제는 그것을 변화시키고 새로운 영역으로 창조시키는 것까지 가능해졌다는 의미였으니까.

아무래도 졸업을 하게 되면 조금 더 다양한 방향으로 고민해 봐야 할 거 같았다.

개중에는 난치병 혹은 불치병으로 알려진 질병들을 고칠 수 있는 치료제를 만드는 것도 포함되어 있었다.

그것은 미국에 와서 처음 생각한 게 아니었다.

애초에 민수가 고아원에서 자랐다는 말을 들었을 때, 그리고 그가 많은 사람을 치료할 수 있는 치료제를 만들고 싶다는 말을 했을 때부터 생각해 뒀던 것이었다.

다만 예전에는 그냥 그것을 염두에 두고 있었던 거지만 지금은 그것을 실현하는 힘을 가지게 됐다는 것이 바뀐 점이라 할 수 있었다.


"조심히 들어가십시오. 나중에 또 연락을 드리겠습니다."

보스턴 로건 국제공항 앞까지 헨리가 그를 마중 나왔다. 이번에 학회에서 건형과 가장 많은 대화를 나눈 것이 헨리였다. 필즈상을 받은 바 있는 헨리는 수학에서 탁월한 지식을 자랑했지만 수학 말고 다른 분야에서도 전문가 못지않은 모습을 보여 주며 건형을 깜짝 놀라게 했다.

"그동안 감사했습니다. 덕분에 많은 걸 깨닫고 갑니다. 좋은 경험이었습니다."

"별말씀을요. 나중에 제가 제 연구소에 초대하면 그때 거절하지 않으시면 됩니다."

건형이 멋쩍은 미소를 지어 보였다.

"하하. 마이클도 있고 제인도 있지 않습니까? 두 분이면 충분할 거로 생각합니다."

"물론 마이클과 제인 모두 훌륭한 인재인 건 사실입니다.

그러나 당신에 비할 바는 못 되겠죠. 언제고 연락 주십시오. 당신과 함께 연구하게 될 날을 손꼽아 기다리고 있겠습니다."

"감사합니다. 꼭 한번 연락드리겠습니다."

건형이 입국장으로 들어가고 난 뒤 마이클이 투덜거리며 말했다.

"교수님, 제 앞에서 그런 말을 하시다니, 섭섭합니다."

"하하. 마이클, 자네도 보지 않았나? 저 젊은 동양인이 보여 준 그 모습을 말이야."

"그러나 그건 교수님도 충분히 가능한 일 아닙니까? 솔직히 놀랍긴 했지만 대단해 보이진 않더군요. 기억력이 탁월하게 좋은 사람은 미국에도 얼마든지 많습니다."

"후후. 그는 그 정도가 아닐세. 내가 볼 땐 완전기억능력이 아닌가 싶더군."

"포토그래픽 메모리 말입니까? 그러나 그건 실존하지 않다고 밝혀진 걸로 압니다만."

"실존하지 않다고 알려졌긴 하지."

헨리 잭슨은 살짝 말을 멈췄다. 잠시 고민하던 그가 웃으며 말했다.

"그렇지만 세상에는 우리가 모르는 일들이 무수히 많지

않은가? 혹시 또 모르지, 완전기억능력이 존재하고 있는 것일지도. 그러나 중요한 건 그 능력이 아니라 그 사람의 그릇이야. 박 군의 그릇을 보면…… 정말 섬뜩하더군."

"그렇다면……."

"그래, 그는 완전기억능력에 그것을 응용해서 새롭게 발전시킬 수 있는 능력을 갖추고 있어. 어떻게 해서 그게 가능한 건진 모르겠지만 말이야. 주목해 볼 만한 인재인 건 분명한 사실이지. 어쨌든 너무 섭섭해하지 말게나. 그래도 내가 가장 아끼는 후배가 마이클 자네인 건 변치 않는 불변의 진리라네."

"쳇, 인간의 마음은 언제나 변하기 마련이죠. 저는 먼저가 보겠습니다. 교수님 혼자 운전해서 오십시오."

토라져서 먼저 걸어가는 마이클을 보며 헨리가 쓴웃음을 지어 보였다.

그렇지만 공항을 떠나면서도 헨리는 여전히 건형에 대한 생각을 지우지 못하고 있었다.

언젠가 기회가 된다면 꼭 자신의 파트너로 삼고 싶은 사람이었다.

Chapter. 03

인천국제공항에 도착했다.

건형은 입국 심사장에 들어가기 전 기지개를 켰다. 퍼스트 클래스에 누워서 편안하게 왔지만, 비행기 안에서 장시간 있는 건 여러모로 곤욕스러운 일이었다.

그렇게 입국 심사장에 들어섰을 때 건형은 무언가 이상한 분위기를 느꼈다. 여권을 건네고 입국 심사를 받는데 검사하는 사람의 눈빛이 조금 의심쩍었다. 자꾸 자신을 위아래로 훑어보는 것이었다.

무슨 테러 국가나 전쟁 발발 국가에서 입국한 거면 그러려니 하겠는데 미국에서 귀국한 건데도 저런 눈빛으로 쳐다 보는 게 의아할 수밖에 없었다.

"혹시 제 얼굴에 뭐 묻었나요? 이거 제 여권 맞는데요."

"아, 아닙니다. 그냥 확인하는 겁니다."

그는 멋쩍게 머리를 긁적였다. 그래도 말투에서 묻어 나 오는 무언가 이상한 게 있었다.

그때, 휴대폰이 울렸다. 비행기에 타 있는 동안 꺼뒀다가 켠 지 얼마 안 됐는데 바로 연락이 온 것이었다.

전화를 건 사람은 의외의 인물이었다.

엄마나 민수 형, 아니면 대학 동기들이나 고등학교 동창 중 한 명이라고 생각했다. 거기에 조금 더 나아간다면 그룹 플뢰르의 리더 지현이 정도?

그런데 액정에 뜬 사람은 진명제 PD였다. '대한민국, 퀴 즈에 빠지다!'의 총 연출을 맡은 진 PD 말이다.

건형은 의아해하면서 전화를 받았다.

"여보세요. 진 PD님?"

[아, 박건형 씨! 이제야 연락되는군요. 어떻게 귀국은 잘 하셨습니까?]

"네, 물론입니다. 내일 방송 녹화도 해야 하고. 촬영에는 지장이 없게끔 귀국한 상태입니다. 그런데 갑자기 이 시간에 어쩐 일로……."

[응? 혹시 기사 못 보셨습니까?]

"기사라고요? 뭐, 기사랄 게 있습니까? 지난번 방송 시청률이 잘 나온 모양이군요. 다행이네요."

[하하. 하나도 모르고 계시는군요. 이거 말씀을 드려야 하나 말아야 하나 고민입니다. 일단 자세한 건 직접 겪어보시는 게 나을 듯하고 내일 녹화방송 전에 조금 더 일찍 와 주실 수 있습니까? 한 시간 정도 일찍 와 주시면 좋을 거 같습니다.]

"네, 뭐 그렇게 하겠습니다."

[그럼 몸조심하십시오.]

진명제 PD는 이해 못 할 말을 남기고 전화를 끊었다.

건형은 코끝을 손가락으로 긁적이며 입국 심사장을 나왔다. 그리고 짐을 찾은 다음 세관 검사까지 마무리 짓고 바깥으로 나왔을 때였다.

카메라 플래시가 터지기 시작했다.

건형은 당황한 얼굴로 주변을 돌아봤다. 수많은 카메라가 자신을 둘러싸고 있었다. 그리고 리포터들이 건형에게 재빠르게 달려들었다.

건형은 어안이 벙벙한 얼굴로 그들을 쳐다봤다. 이때는

그 좋은 머리도 제대로 도움이 되질 못했다. 그냥 멍한 얼굴로 그들을 바라볼 뿐이었다.

"건형 씨, 미국에서 유명한 학회에 참석하셨다고요?"

"그 학회가 무슨 학회인지 알려주실 수 있나요?"

"수학계의 권위 있는 학자인 헨리 잭슨과 아는 사이라고 하는 데 사실인가요?"

아무래도 자신이 미국에서 참석한 학회와 관련이 있는 거 같은데 왜 이게 한국에서 이슈가 된 것인지 알 수 없었다.

건형이 머뭇머뭇하다가 조심스럽게 말을 꺼냈다.

"미국에 잠시 갔다 온 건 맞습니다. 근데 도대체 이게 무슨 상황이죠?"

"……혹시 뉴스 같은 거 안 보셨습니까?"

"예. 휴대폰을 켠 지 얼마 되지 않아서요. 무슨 일이 있던 건가요?"

"일단 자세한 건 따로 인터뷰 좀 부탁합니다. 시간 좀 내주실 수 있겠습니까?"

"죄송합니다. 저는 일반인이고 이런 것에 출연하는 것에 익숙하지 않아서요. 제가 연예인인 것도 아니고 이렇게 많은 미디어에 노출되는 것도 어색하네요. 다른 분들한테도 폐가 될 수 있으니까 나중에 제가 다시 연락을 드리든가 하겠습니다."

"그럼 하나만 여쭙겠습니다. 건형 씨가 이번에 참석한 학회가 어떤 학회인지는 알고 계셨습니까?"

"아뇨. 그냥 헨리 교수님이 친한 벗들을 초대해서 작게 연 학회라고 알고 있었을 뿐입니다."

애초에 건형이 소개받은 것도 그게 전부였다.

그래서 별 부담 없이 참석한 것이었고.

그러자 이번에는 리포터가 당황한 얼굴로 어떻게 이야기를 해야 하나 주저하기 시작했다.

잠시 망설이던 그가 한숨을 살짝 내쉬더니 차분한 목소리로 입을 열었다.

"건형 씨가 참석한 학회 말입니다. 단순히 그렇게 치부하기엔 그 면면이 너무 화려합니다. 그건 알고 계시겠죠?"

건형이 고개를 끄덕였다. 그는 단순히 헨리 교수의 인맥이 꽤 두텁구나, 라고 치부했지만.

"사실 중요한 건 그게 아닙니다. 이번에 와이드너 도서관에서 기행을 하나 벌이셨다고요."

"기행요? 아, 그게 기행인가요?"

솔직히 기행이라 하기엔 조금 어폐가 있었다.

처음에는 도서관 사람들을 도와주려고 시작했던 일이었

다.

그러다가 암 환자를 만났고 그녀에게 희망의 메시지를 전달했지만 그게 전부였다.

"그 암 환자, 병세가 꽤 호전됐다고 하더군요. 실제로 텔레비전에 나와서 인터뷰도 했습니다. 그거 때문에 건형 씨가 덩달아 매스컴에 뜨게 됐고요. 아마 검색어 순위 보면 깜짝 놀라실 겁니다."

건형은 마음을 추슬렀다.

자신이 해 준 건 단순히 몇 마디에 지나지 않는데 병세가 호전됐다고?

그것은 그냥 일이 우연히 맞아떨어진 것에 불과한 것이었다.

솔직히 자신이 무슨 능력이 있다고 암 환자를 낫게 할 수 있단 말인가.

그러나 사람들은 그렇지 않은 모양이었다.

그들은 기적을 바라니까.

어쨌든 건형은 수많은 기자를 뒤로 한 채 공항을 다급히 빠져나왔다. 그리고 택시를 타고 빠르게 집으로 향했다.

집으로 가면서 건형은 휴대폰으로 최근 기사를 검색했다.

확실히 그 리포터 말대로 최신 검색어 순위에는 자신의

이름이 빠지지 않고 있었다. 그리고 그 기사 대부분은 미국에서 기적을 행한 퀴즈의 신, 이런 쪽으로 초점이 맞춰지고 있었다.

어째서 입국 심사장에서 진명제 PD가 그렇게 전화를 걸었는지 이해가 갔다. 아마도 그는 이것을 이슈화해서 프로그램의 시청률을 높이고자 했을 것이다. 특집 방송을 앞당긴다거나 하는 식으로.

건형은 자신의 머리를 톡톡 쳤다. 과연 자신이 그런 기적을 만들어 낼 수 있는 능력이 있을까.

이성적인 판단을 내려 보면 그것은 '0'에 수렴한다고 봐야 했다.

불가능한 일이었다.

그냥 그것은 우연과 우연이 겹친 일일 뿐이었다.

그렇게 고민하는 사이 집 근처에 도착했다.

건형은 캐리어를 끌고 오피스텔 안으로 들어갔다. 집에 들어온 다음 휴대폰이 켜지자마자 울렸던 번호들을 일일이 확인하기 시작했다.

그중 가장 많이 전화를 건 건 역시 어머니였다.

전화를 걸었다. 계속 통화 중이라는 음성만 들려왔다. 주변에서 계속해서 전화가 걸려오는 모양이었다.

"이거 또 나 때문에 번거로워진 게 아닌지 모르겠네."

언론이 갖는 힘은 강력하다. 건형이 우려하는 것도 그것이었다. 한두 명이 팥으로 메주를 쑨다고 하면 믿지 않겠지만 수천, 수만 명이 그렇게 말하면 믿지 않아도 그럴 수 있다고 대답할 수밖에 없다.

한두 언론에서 자신을 '기적을 행했다.'라고 이야기한다면 그건 그냥 해프닝에 그칠지 모르지만 여러 메이저 언론과 수십 개의 지라시에서 떠들기 시작한다면 그게 사실로 둔갑하게 될 수 있다는 의미다.

건형은 빠르게 미국 웹 사이트 쪽을 뒤지기 시작했다.

실제로 그때 와이드너 도서관에서 만났던 그 여성이 토크쇼에 출연한 적이 있었다. 건형이 학회가 끝나고 한국으로 돌아갈 무렵이었던 모양이었다.

그런데 어떤 기사에도 그녀의 병세가 호전됐다는 이야기는 없었다. 그냥 그녀가 건형의 이야기를 듣고 삶에 희망을 품게 됐으며 그것에 감사하게 됐다는 그런 이야기 정도였다.

결국, 건형에 관한 이야기는 부풀리고 과장됐다고 봐야 했다.

아마도 그 학회에 참석하게 되면서 그 때문에 자신의 이름이 알려지게 됐고 거기에 무슨 도서관에서 있든 일로 인해 웬 아픈 사람이 감명을 받았다. 그래서 삶에 희망을 품고 용기를 얻게 됐다는 이야기를 뻥튀기한 모양이었다.

건형은 한숨을 내쉬었다. 별거 아닌 일로 졸지에 유명세를 타게 된 셈이었다.

유명세를 탄 건 솔직히 상관없는 일이었다. 다만 주변이 귀찮고 번거로워지긴 하겠지만 그건 애초에 '대한민국, 퀴즈에 빠지다!' 고정 패널로 출연하기로 했을 때부터 감수한 것이었다.

다만 그 귀찮고 번거로워지는 게 조금 더 커질 거 같다는 게 문제였지만.

어쨌든 내일은 녹화가 있는 날이었다. 시청률을 확인해 보니 지난주보다는 확실히 오른 상태였다. 다만 그 상승 폭이 아주 크지 않다는 게 조금 아쉬운 일이었다.

그렇게 내일 녹화를 끝내면 다음 주부터는 학교에 다녀야 했다. 2주차에도 빠지면 그때부터는 예외 없이 결석으로 처리될 테니 말이다.

학점은 이제는 관심이 없어졌지만 그래도 이왕이면 다홍치마가 좋다고 좋은 성적으로 졸업하고 싶은 게 사람 마음이었다.

엄마도 자신이 좋은 성적을 거두고 졸업하길 원할 테고.

'골치 아파졌네.'

건형은 잠자리에 누웠다.

어쨌든 오해가 얽히긴 했다지만 한국 언론의 과장은 알아 줘야 할 거 같았다.

"기사를 내려 달라고 해서 내릴 사람들도 아니고. 어휴. 모르겠다. 모르겠어. 내일 당장 촬영장에서 시달리게 생겼 네."

건형은 쓴웃음을 지었다.

이것도 그냥 자기 복이려니 하고 넘어갈 수밖에 없을 듯 했다.


이튿날 건형은 아침 일찍 자리에서 깼다.

그리고 아침부터 엄마하고 전화 통화를 해야 했다. 기사 에 관해 이야기를 나누고 잘못된 정보는 수정하면서 졸지에 해명 아닌 해명을 해야 했다.

친척들한테도 자꾸 연락이 오고 있다는 말에 조만간 칼을 뽑아들어야겠다는 생각을 하며 건형은 옷매무새를 바로잡 았다.

어제 늦은 저녁 진명제 PD한테서 온 연락 때문이었다.

진명제 PD는 오늘 기자들이 등촌동 공개홀에 꽤 많이 모일지도 모르니 옷차림에 신경 써 줄 것을 당부하고 있었다.

어쨌든 건형도 이 프로그램의 고정 패널이고 얼굴이니 그런 모양이었다.

지난번 차려입었던 세미 정장을 다시 꺼내 입고 건형은 촬영장으로 향했다.

택시 안에 있을 때 민수한테 전화가 걸려왔다.

[야, 박건형! 너 출세했더라? 이제는 무슨 실시간 검색어 1위까지 하고 그러냐?]

"형, 그러지 마요. 저 민망해져요."

[민망할 게 뭐 있어. 근데 그거 사실이야? 네가 무슨 암 환자 고쳐 줬다는 거?]

"네? 제가 고쳐 줬다고요?"

[어. 어떤 기사에 그렇게 나와 있던데. 네가 암 환자 고쳐 줬다고 말이야.]

"하아, 그런 거 아니에요. 그냥 그 암 환자가 삶에 희망을 얻었다고 한 건데 그게 와전된 거예요. 제가 무슨 신도 아니고 그런 게 가능할 리가 없잖아요."

[그러냐? 지금은 어디냐?]

"촬영장 가고 있어요. 형은요?"

[나야 공무원 시험 준비 중이지. 나중에 얼굴이나 보자. 유명인 되었다고 나 무시하면 섭섭해진다. 알지?]

"당연하죠. 있다가 연락드릴게요. 오늘 회식 없으면 같이 저녁이나 먹어요."

전화를 끊고 얼마 지나지 않아 등촌동 공개홀에 도착했다. 요금을 계산하고 내린 다음 공개홀 안에 들어서자 벌써 기자들이 몰려나왔다.

그 수가 꽤 되었다.

인천국제공항에서 인터뷰를 안 했더니 기어코 촬영장까지 쫓아온 것이었다.

하는 수 없이 인터뷰해야 할 듯했다.

기자 한 명이 건형에게 물었다.

"미국에서 암 환자를 치료하셨다던데 사실이십니까?"

"아닙니다. 제가 그 방송을 한번 찾아봤는데 저 덕분에 삶에 희망을 얻었다, 그런 내용이 전부였습니다. 어떻게 이게 이런 식으로 와전된 건지 모르겠지만, 그냥 제가 가서 한 건 소소한 해프닝일 뿐이었습니다."

"와이드너 도서관에서 수백 명이 물어보는 질문을 하나도 빠짐없이 전부 다 대답하셨다고 들었는데요?"

"그것도 과장입니다. 제가 대답한 건 몇십여 명 정도였고 그때 도서관 컴퓨터의 데이터베이스에 문제가 생겨서 잠시 도와준 것뿐이었습니다. 오해하지 않으셨으면 싶네요."

그때, 다른 기자가 나서서 물었다.

"그러나 이번에 헨리 교수가 주관한 세계 학술 교류 학회에 참석하신 건 사실 아닙니까? 알아보니 그 학회는 매년 세계 각국에서 학자 소수만 참석할 수 있는 기회를 잡는다던데요. 어떻게 그 학회에 참석하실 수 있으셨던 건가요?"

머리가 살짝 아파졌다. 그걸 설명하려면 학술 정보 사이트부터 시작해서 그동안 있었던 일들을 다 이야기해야만 했다.

결국, 건형은 적당한 선에서 둘러대기로 마음먹었다.

우연히 학술 교류 사이트에서 헨리 잭슨을 알게 되었고 그와 교류를 하다 보니 그게 인연이 돼서 학술 교류 학회에 참석하게 됐다고.

기자들은 반신반의하는 기색이 역력했다. 단순한 친분 하나로 그런데 초청될 정도로 그 학술 교류 학회가 녹록한 건 아니었다.

어쨌든 본인이 그렇다는데 하버드 대학교에 날아가서 헨리 잭슨한테 물어볼 수 있는 것도 아니고 그렇게 넘어갈 수밖에 없을 듯했다. 그리고 누가 건형이 암 환자를 치료했다고 헛소문을 퍼트린 것인지는 모르겠지만, 그 부분도 과장된 것이라는 점은 분명했다.

어쨌든 그렇게 졸지에 기자회견 같은 인터뷰를 마무리한 뒤 촬영장에 들어왔다.

진명제 PD가 그런 건형을 반겼다.

"오, 박건형 씨! 우리 유명 인사분 오셨네?"

"PD님……."

"하하, 농담이에요. 농담. 그건 그렇고 진짜 그 암 환자 고친 건 아니죠?"

"당연하죠. 제가 무슨 신이에요? 그냥 누가 그 방송 프로그램을 잘못 번역해서 사이트에 올린 거 같아요. 기자들은 그 떡밥을 물고 기사화한 거 같고요."

"생각했던 그대로군요. 원래 기자들이 약간 허풍이 심하긴 하죠. 사실 오늘 일찍 와 달라고 한 게 차후 특집 방송 때문이에요. 국장님이 요새 성화가 장난이 아니거든요."

"네? 왜 그렇죠?"

"왜긴요. 그만큼 건형 씨 요새 인지도가 장난 아니라서 그렇죠. 원래 조금 나중에나 해 보려 했는데 국장님이 당장 다음 주에 편성 잡자고 난리라서요. 언제 시간 좀 길게 내줄 수 있어요?"

"……생각해 보겠습니다."

"부탁 좀 할게요. 방송국 사정이 영 좋질 못해요. 건형 씨 상금 때문에 허리가 휠 지경이거든요."

"하하."

건형이 어색하게 웃어 보였다.

익살스러운 진명제 PD 말에 딱히 뭐라 할 말이 없었다.

그 뒤, 예정대로 녹화가 진행됐다.

참가자는 모두 넷.

그중 세 명은 일반인이었고 한 명은 연예인이었다.

그렇게 녹화를 마치고 건형은 녹초가 된 상태로 택시를 잡아탔다.

집에 도착하고 건형은 그대로 침대에 드러누웠다. 힘이 쫙 빠지는 거 같았다. 멍하니 누운 채 휴대폰을 들여다봤다.

문자가 와 있었다.

지현이었다.

[오빠, 한국 잘 도착했어요? 오늘 녹화방송이셨죠? 건강 잘 챙기시고 나중에 연락해주세요. 밥 먹고 싶어요!]

건형은 어색한 얼굴로 머리를 긁적였다. 한번 연락을 해 보긴 해 봐야 할 거 같았다.

그러다가 건형은 어느새 잠자리에 들었다. 그동안 몸에

쌓였던 피곤이 한 번에 팍하고 터져 나온 느낌이었다.

잠에서 깨자 약간 피곤이 풀렸다. 시간을 확인해 보니 저녁 여섯 시 무렵이었다.

슬슬 허기가 졌다. 휴대폰을 확인해 보니 부재중 통화가 와 있었다. 발신자를 확인해 보니 민수였다.

건형이 바로 전화를 걸었다.

얼마 되지 않아 민수가 전화를 받았다.

"민수 형, 전화했었어요?"

[어, 그래. 저녁이나 먹을까 했지. 근데 너 바쁜 거 같더라고.]

"그게 아니라 여태 자다 일어났어요. 조금 전에 깨자마자 전화한 거예요."

[목소리가 왜 잠겨 있나 했더니 이유가 있었네. 나 이제 슬슬 저녁 먹으러 가려 했는데 같이 밥이나 먹을래?]

"네, 좋아요. 그렇게 해요."

[그래, 이번에는 다른 집 가자. 그동안 그 고깃집만 너무 자주 다닌 거 같다.]

"뭐 드시고 싶은 거 있으세요? 제가 거하게 살게요."

[남이 산다면 당연히 회지. 회 사 줘라.]

"네, 그렇게 해요."

대충 머리만 매만진 건형은 바깥으로 나왔다. 모자를 깊숙이 눌러쓴 채 건형은 지하철역 앞을 서성거렸다. 커플들이 주변에 꽤 많았다. 괜히 심술이 날 거 같았다.

그때, 저 멀리 민수가 보였다. 그도 편한 차림으로 걸어오고 있었다.

"근처에 괜찮은 횟집 있어?"

"네, 한번 알아봤죠. 같이 가요."

"야. 그건 그렇고 너 기사 정말 사실 아니지?"

"에이, 아니라니까요. 어떻게 제가 암 환자를 고쳐요. 안 그래요?"

"뭐, 그건 그렇긴 한데 기적이라는 게 얼마든지 생길 수 있는 일이니까. 기적은 말 그대로 일어날 수 없는 일이 일어나는 걸 기적이라고 하잖아. 안 그래?"

"그건 맞는데…… 여하튼 기자들이 부풀린 거예요. 믿지 마요."

"그래, 어쨌든 아쉽네."

"네? 뭐가요?"

"만약 너 진짜 암 환자를 고칠 수 있다면 떼돈 버는 건 식은 죽 먹기일 거 아니야. 너 찾아오는 환자가 수백, 수천 명

일 텐데."

"······그건 그런데 그걸로 돈벌이 생각한다는 게 영 께름
칙하네요."

"말이 그렇다는 거야. 어휴. 농담도 안 통할 녀석 같으니
라고."

횟집에 도착한 건형은 슬그머니 모자를 벗었다. 그리고
주문을 하기 위해 주인아줌마를 불렀다.

그런데 건형을 슬쩍 쳐다본 주인아줌마가 놀란 얼굴로 물
었다.

"혹시 그 암 환자 치료했다는 사람 아니에요?"

"아, 아니에요."

"그 퀴즈의 신이라던 그 양반 맞는 거 같은데······."

"그건 맞는데 그것도 사실 과장된 거고 여하튼 암 환자
치료한 적 없어요."

"그럼 그렇지. 무슨 말 한 번 뚝딱 했다고 암 환자를 치료
하겠어."

그래도 못내 말투에서 아쉬움이 느껴지고 있었다.

광어회가 나오고 소주 두 병도 나왔다.

허기졌던 속을 채우며 대화가 오고 갔다.

이런저런 잡다한 대화를 하던 중 민수가 슬그머니 건형에

게 제안해 왔다.

"혹시 너 내일 바쁘냐?"

"내일요? 내일은 일요일이니까 별일 없죠. 그냥 집에서 빈둥거리려고 했는데. 무슨 일 있어요?"

"별일 없으면 같이 고아원이나 한번 다녀오려고 했지."

"아, 형이 머물렀다던 그 고아원요?"

"응."

그러면서 건형이 자초지종을 이야기했다.

알고 보니 민수가 고아원 아이들한테 건형을 알고 있다고 자랑을 했다는 것이었다. 그러니까 고아원 아이들은 거짓말 하지 말라고 민수를 타박했고 결국 민수가 건형을 데려오기 로 약속을 했다는 게 사건의 요지였다.

어찌 되었든 간에 민수는 약속을 지켜야 하는 처지가 됐 고 건형을 데려갈 수밖에 없게 되었다.

물론 갈지 안 갈지는 건형의 마음에 달려 있었지만.

그렇지만 건형은 언제고 한 번 고아원에 가보고 싶었다. 가뜩이나 저번에 후원이 끊겼다고 하던데 겸사겸사 후원도 하고 싶은 마음이 있었다.

건형이 흔쾌한 목소리로 말했다.

"좋아요. 내일 별일 없는데 다행이네요. 같이 가요. 애들 좋아할 선물도 사 둬야겠네요."

"정말? 같이 갈 수 있어?"

"네. 그건 그렇고 요새 애들은 뭐 좋아해요?"

"어린애들은 장난감 로봇 같은 거 좋아하고 나이 좀 있는 녀석들은 컴퓨터 게임에 푹 빠져 있지. 야, 그냥 애들 보러 가는 거야. 굳이 뭐 안 사가도 돼. 네가 가는 것만 해도 애들이 좋아할걸?"

"그래요? 알았어요. 여하튼 내일 어디로 가면 될지 알려 줘요. 택시 타고 가든가 할게요."

"그래, 부탁할게."

그 뒤, 두 사람은 회 몇 접시를 더 먹고 소주도 한 병 더 비운 다음 횟집을 나왔다.

민수와 헤어지고 난 다음 건형은 집으로 향했다. 살짝 취기가 올라왔지만, 별거 아니었다.

그렇게 집으로 걸어갈 때 문득 지현이 보냈던 문자가 신경이 쓰였다. 곰곰이 고민하던 건형이 지현에게 전화를 걸었다. 매니저가 같이 있을지 모르겠지만, 전화를 받을 상황이 안 되면 지현이 애초에 전화를 안 받을 터였다. 신호가 가고 다행히 전화가 연결됐다.

"여보세요?"

[오, 오빠. 이 시간에 어쩐 일이에요?]

"아까 문자를 받긴 했는데 답장하는 걸 깜빡했어. 그래서 전화한 건데 시간이 너무 늦었나?"

[그럼요. 지금 열한 시가 훌쩍 넘었는데요. 어쨌든 그래도 전화해 줘서 고마워요. 오빠가 저 무시하는 줄 알았어요.]

"그럴 리가 없잖아. 그보다 밥 사 달라고 했잖아. 매니저가 있을 텐데 괜찮은 거야?"

[네. 내일부터 3일 정도 휴가받았거든요. 그때는 매니저 오빠도 휴가라서 같이 따라다니지도 않을 거예요. 왜요? 진짜 밥 사주시는 거예요?]

"응. 사주는 거야 어렵지 않지. 근데 내일 당장은 어려울 거 같아."

[무슨 일 있으세요? 바쁘시면 다음에 사 주셔도 돼요.]

"아는 형이랑 고아원에 가보기로 했거든. 겸사겸사 후원도 할 생각이라. 그거 때문에 조금 바쁠 거 같아."

[고아원요? 고아원이면…… 저도 같이 따라가면 안 돼요?]

"응? 네가?"

[네! 저도 같이 가보고 싶어요!]

망설이던 건형이 대답했다.

"그래, 그렇게 하자. 그럼 내일 어디에서 볼래?"

[제가 오빠 집 근처로 갈게요.]

"알았어. 내일 봐."

그 말을 끝으로 통화를 종료했다.

그러다가 지현과 이렇게 만나도 되나 하는 생각이 들었다.

아무래도 지현은 여자 아이돌이고 같이 있는 모습이 혹시 사진에 찍히기라도 한다면 결국 불리해지는 건 자신이 아니라 그녀였기 때문이다.

그래서 지난번에 그 매니저가 그렇게 지현을 야단쳤던 것이기도 하고.

"에이. 술집도 아니고 고아원 가는 건데 안 좋은 소리는 안 나오겠지."

건형은 머리를 긁적였다. 그래도 뒷감당이 안 되는 게 사실이었다.

그러나 이미 같이 가기로 한 이상 물릴 수도 없었다. 그리고 한편으로는 같이 가게 된 것에 은근히 마음이 설레고 있었다.

Chapter. 04

이튿날 건형은 아침 일찍 일어나서 샤워부터 했다. 머리를 말리고 옷을 골라 입었다. 집에 있는 옷 중 가장 말끔한 옷으로 차려입고 난 다음 바깥으로 나왔다.

시간을 확인해 보니 오전 아홉 시, 슬슬 출발해야 했다. 그러나 지현은 도통 보이질 않았다.

"음, 아직 안 일어난 건가?"

들어 보니 오늘부터 휴가라고 했다. 휴가다 보니 멤버들하고 같이 파티라도 열었을 수 있고 그 때문에 늦잠을 잔 것일지도 모른다.

하는 수없이 혼자 고아원을 가야 할 듯했다.

그런데 왠지 모르게 감이 샜다. 솔직히 말해서 조금 아쉬웠
다.

'내가 기대하고 있었나?'

솔직히 생각해서 조금 기분이 묘했다. 자신이 속으로 기대하
고 있었나, 그런 생각이 들었다.

'어휴. 정신 차리자.'

건형은 자신을 질타했다.

상대는 여자 아이돌이다. 괜히 얽혀 봤자 그녀한테 도움될
일이 없다. 매니저가 말렸을지도 모를 일이었다.

하는 수없이 건형이 대로변으로 나가 택시를 잡아타고 혼자
떠나려고 할 때였다.

그때, 저 멀리 택시 한 대가 빠르게 접근하는 모습이 보였다.

건형이 눈을 휘둥그레 떴다. 건형 바로 앞에 택시가 멈춰 섰
고 목도리로 얼굴을 돌돌 말아서 눈만 빼꼼 보이는 여자애가
택시에서 내렸다.

"너……."

"늦은 거예요? 죄송해요. 애들 눈치 보다가 나오느냐고. 늦
은 거 아니죠?"

그녀는 지현이었다. 택시비를 내고 나자 휑한 거리에 두 명만

남았다.

건형이 머리를 긁적이며 어색한 목소리로 말했다.

"슬슬 움직이자. 애들 다 기다리겠다."

"근데 오빠 장난감 산다고 한 거 아니었어요? 장난감 사 갖고 가야죠."

"아, 그랬지. 내 정신 좀 봐. 잠이 덜 깼나 보다."

머리가 급격히 좋아졌다지만 그도 가끔 까먹는 일은 있었다. 항상 뇌의 지적 영역을 활성화해 두는 건 아니기 때문이다. 만약 그렇게 했다가는 뇌가 잘 익은 고기처럼 구워질지도 모를 일이었다.

"백화점이나 마트는 빨라야 열 시에 오픈할 텐데…… 아직 한 시간가량 남았는데 어떻게 하죠?"

"그러게. 백화점 밖에서 서성거릴 수도 없고."

고아원에 가기로 한 시간은 오전 열한 시 무렵.

백화점에서 장난감을 사 갖고 간다면 시간은 충분히 맞을 듯했다.

문제는 지금 이 시간이었다. 한 시간 동안 바깥에 서성거릴 수도 없는 노릇이고 커피숍 같은 데 가 있으면 괜찮겠지만 그랬다가 지현의 정체가 들통 나기라도 한다면 이슈가 날 게 분명했다.

가뜩이나 목도리로 얼굴을 돌돌 매고 있어서 사람들 의심을 살 게 뻔한 상태였다.

"오빠, 저 목마른데 물 한 잔만 주시면 안 돼요?"

"어? 응?"

건형의 얼굴이 붉어졌다.

그 모습에 지현 얼굴도 덩달아 홍시처럼 익었다.

"아, 아니. 그냥 목이 말라서요."

"알았어. 일단 우리 집에 들어가 있자."

오피스텔로 올라가며 건형은 집 안 청소를 해 뒀는지 아니면 어지럽혀진 상태였는지 진지하게 생각해 보기 시작했다. 나올 때만 해도 방 안은 분명 깨끗한 상태였다.

조마조마한 마음으로 문을 열었다. 그리고 먼저 안으로 발걸음을 내디뎠다. 안을 확인해 보니 다행히 집 안은 깔끔했다.

건형이 어색하게 웃어 보이며 말했다.

"집 안이 조금 지저분할 거야. 안으로 들어와."

"아, 네."

지현이 조심스럽게 안으로 들어왔다.

"뭐로 줄까? 마시고 싶은 거 있어?"

"음, 그냥 물로 주세요."

"아, 응. 알았어."

냉장고에서 시원한 물을 꺼내 물 잔에 따랐다.

그동안 지현은 거실에 다소곳하게 앉아 있었다. 건형이 물 잔을 건넸다. 지현이 환하게 웃어 보이며 말했다.

"고마워요. 남자 집은 대략 이렇구나."

"남자 집을 오늘 처음 들어와 본 거야?"

"네. 어릴 때 연습생으로 들어가서요. 남자 집에 들어가 볼 일이 없었어요. 저희 기획사엔 남자 아이돌이 없거든요."

그룹 플뢰르의 기획사는 여자 아이돌만 전문적으로 양성하는 곳이었다.

"그…… 그렇구나."

이제야 왜 지현의 매니저가 그렇게 극성이었는지 알 거 같았다.

어릴 때부터 연습생 생활을 해 왔고 남자와의 접점은 거의 없는 상태, 학교생활도 연예인 활동 때문에 잘하지 못할 터였다.

그런 상황에서 지나치게 남자와 같이 어울려 다녔다가 괜히 다른 길로 샐까 봐 그것을 우려한 게 틀림없었다.

"한번 집 구경해 봐도 돼요?"

"남자 사는 집이 다 비슷한데 뭐."

"그래도요. 아주 궁금했거든요. 어차피 시간도 남잖아요."

"그래, 그렇게 하자."

건형은 속 편한 대로 생각하기로 마음먹었다. 그녀가 자신한테 호감이 있는 건지 없는 건진 알 수 없지만, 집 안 구경시켜 주는 게 어려울 일은 아니었다. 시간을 보내려면 무언가 해야 하기도 했고.

그렇게 집안을 구경시켜 주고 잡담을 하는 사이 슬슬 시간이 다 되었다. 백화점에 들러서 장난감 로봇이나 인형을 산 다음 바로 고아원으로 가야 했다.

건형이 먼저 집을 나서려 할 때였다.

"오빠! 그렇게 나가시게요?"

"응? 왜?"

"너무 무난하잖아요. 오빠도 이제 유명인 다 됐다고요. 사람들이 오빠 바로 알아볼걸요?"

"설마. 내가 무슨 연예인도 아니고."

"오빠만큼 유명한 사람도 지금 별로 없어요. 어제저녁에도 검색어 상위권에 계속 있던데요?"

"그건 어떻게 알……."

"그냥 우리 그룹 검색해 보다가 알게 된 거예요! 여하튼 모자 같은 거 없어요? 그런 거라도 써요. 오빠 사진 찍히다가 저까지 찍힐지도 몰라요."

하는 수없이 건형은 방 안에서 모자 하나를 꺼내 가져왔다. 아주 옛날 사뒀던 이미 유행 지난 평범한 모자였다.

모자를 쳐다보던 지현이 한숨을 살짝 내쉬었다.

"오빠도 쇼핑은 별로 안 좋아하나 보네요."

건형이 멋쩍은 표정으로 말했다.

"요즘 너무 바쁘다 보니…… 아무튼 일단 출발하자."

두 사람은 집을 나와 바로 택시를 타러 대로변으로 향했다. 그리고 근처 백화점으로 움직이기 시작했다.

막 문을 연 지 얼마 안 된 백화점에 들어선 건형과 지현은 바로 완구 코너로 향했다.

그곳에서 요새 유행 중인 변신 로봇과 소꿉장난 놀이 세트 등을 여러 상자 사들인 다음 바로 계산대로 움직였다.

사람들이 몰리기 전 발 빠르게 이동하기 위해서였다.

그리고 두 사람은 다행히 누구에게도 걸리지 않은 채 고아원에 도착할 수 있었다.


그렇게 고아원에 도착한 건형은 고아원 입구에 걸린 푯말을 보고선 눈을 휘둥그레 떴다.


**사랑의 고아원**

낯이 익은 이름이었다. 기억을 더듬어 트리거 포인트로 어디서 그것을 봤는지 금세 상기했다. 책장에 꽂혀 있던 아버지가 남긴 과학 잡지에서 발견한 바로 그 알파벳들이었다.

그것들을 조합했을 때 나타나는 글자가 바로 서울 종로구 인사동에 있는 사랑의 고아원이라는 곳이었다.

'우연일까?'

건형은 고개를 갸우뚱거렸다. 이곳의 이름도 사랑의 고아원이었다. 그리고 여긴 인사동이었다.

'우연도 이런 우연이 다 있네. 그 의문의 책이 가리키던 고아원이 이곳이었던 걸까?'

일단 건형은 안으로 발걸음을 옮겼다. 고아원 안에 머무르는 아이들의 수도 제법 많아 보였다. 그래도 선물로 준비한 게 모자라진 않을 듯했다.

건형과 지현이 탄 택시가 고아원 앞에 멈춰 섰고 두 사람은 짐을 내렸다. 선물로 준비한 짐은 고아원 정문 앞에 수북이 쌓인 상태였다.

건형이 전화를 걸었다.

"어, 형. 저예요. 고아원 앞에 도착했어요. 나와 봐요."

얼마 지나지 않아 민수가 밖으로 나왔다. 그런데 바깥에는

건형 혼자 있는 게 아니라 웬 왜소한 체구의 여자도 함께 있
었다.

'여자를 데리고 왔다고?'

민수가 의문스러운 표정을 지었다. 누군지 모르겠지만 왜 여
자를 데려온 건지 이해할 수 없었다.

"야, 저 사람은……."

"아, 형. 미안해요. 미리 말해야 했는데 일종의 서프라이즈로
생각했던 거라."

"누군……."

지현이 재빠르게 푹 눌러쓰던 모자를 벗으며 깍듯이 허리를
숙여 인사를 건넸다.

"안녕하세요? 그룹 플뢰르의 리더 이지현이라고 해요."

"이, 이지현 양?"

민수도 그 나이에 맞게 걸그룹에 푹 빠져 있다. 일종의 삼촌
팬이라고 할까.

당연히 그 또한 플뢰르를 안다.

그리고 플뢰르의 리더이자 메인 보컬인 지현도 알고 있었다.

눈에 핑크빛 하트가 떠올랐다.

"여, 영광이에요. 여기는 어쩐 일로."

"어젯밤 건형 오빠하고 통화하다가 고아원에 가신다고 하

길래 저도 같이 따라가고 싶어서요. 그래서 지원하게 됐어요. 제가 온 게 문제 되는 건 아니겠죠?"

지현이 점점 작아지는 목소리로 걱정스러운 듯이 묻자 민수는 손사래를 치며 말했다.

"그럴 리가요. 애들도 좋아할 거예요. 일단 안으로 들어가시죠."

민수가 다급히 지현을 에스코트했다. 건형이 그런 민수를 노려보며 말했다.

"에휴. 사람이 이렇게 확 달라지나?"

"야, 당연한 거지. 남자하고 여자는 엄연히 내게 다른 존재라고!"

"와, 진짜 치사하다. 형 때문에 아침부터 백화점 들러서 이것저것 사느라 얼마나 고생했는데."

"됐어. 빨리 들고 안으로 들어와!"

결국 건형은 낑낑거리며 변신 자동차 로봇과 소꿉놀이 세트가 든 박스를 한 아름 든 채 민수 뒤를 졸졸 따를 수밖에 없었다.


그들은 창고에 일단 박스를 내려 둔 다음 원장실로 올라갔다.

이곳 고아원의 원장은 인근 성당의 수녀님이었다. 천주교에서 직접 운영하고 있는 고아원으로 그 운영비 같은 경우 성당에 들어오는 기부금과 고아원에 들어오는 후원금으로 충당하고 있는 형편이었다.

그러나 요즘 들어 경제가 어려워지다 보니 외부에서 들어오는 후원금 규모 자체가 여실히 줄어서 고아원 운영이 여간 힘든 게 아니었다.

"어서 오세요."

"안녕하세요. 민수 형 아는 동생 박건형이라고 합니다."

"이야기는 많이 들었어요. 퀴즈의 신이라고요? 호호, 저도 '대한민국, 퀴즈에 빠지다!'를 자주 보는데 놀랍더군요. 어쩜 그렇게 잘 맞히실 수가 있죠?"

"과찬이십니다. 그리고 여기는……."

"안녕하세요. 그룹 플뢰르의 리더 겸 메인 보컬 이지현이라고 합니다."

"혹시 그 퀴즈쇼에 나온 아이돌분 아니신가요?"

"맞습니다. 건형 오빠가 오늘 고아원에 가신다고 해서 쫓아오게 됐어요. 애들도 보고 싶었고요."

"그런가요? 오는 손님을 마다할 이유는 없죠. 잘 부탁드리겠습니다."

원장님과 몇 마디 대화를 더 나누고 세 사람은 아이들을 만나기 위해 강당으로 발걸음을 옮겼다. 준비한 선물은 강당 뒤쪽에 차곡차곡 쌓아두고 준비한 상태였다.

강당 뒤쪽에서 대기하는 동안 민수가 물었다.

"애들한테는 일단 너만 온다고 했거든. 근데 지현 양은 어떻게 하죠?"

"음, 저는 괜찮아요. 뭐 저 혼자서 노래 부를 수도 있고 애들이 싫어하면 안 해도 되고요."

"노래 가능하세요? 휴가라고 들었는데……."

이미 기본적인 건 이야기가 끝난 상태였다.

지현이 환하게 웃으며 말했다.

"휴가라고 해서 목을 쓰지 말라 뭐 그런 건 아니라서요. 괜찮아요. 애들이 좋아한다면 저야 상관없어요."

"알겠습니다. 그러면 먼저 건형이부터 소개하고 그다음에 지현 양 모시는 걸로 할게요. 그래도 될까요?"

"네, 물론이에요. 얼마든지요!"

"알겠습니다. 정말 와 주셔서 감사합니다. 애들이 무척 좋아할 거예요."

"그래 줬으면 정말 좋겠네요."

지현이 환하게 웃어 보였다.

강당으로 올라가며 민수가 건형 옆구리를 쿡쿡 찔렀다.

"무조건 붙잡아라. 무조건."

"그게 뭔 말이에요?"

"저렇게 참하고 예쁜 여자가 어딨어? 딱 봐도 천사가 따로 없는데. 무조건 잡으라고. 알았어?"

"……애들이나 만나러 가요. 이상한 생각하지 말고요."

건형이 한숨을 살짝 내쉰 다음 강당으로 성큼성큼 발걸음을 내디뎠다. 이렇게 애들을 만나게 된다고 하니 기분이 설레었다. 이 아이들에게 환한 웃음을 가져다주고 싶었다.

그렇게 생각해 보니 지현과 함께 온 게 더할 나위 없이 잘한 일 같았다. 평소 아이돌을 보고 싶어 했던 애들에게는 최고의 선물이나 다름없으니 말이다.

'고맙다, 지현아.'

그리고 건형이 강당에 올라섰다. 그가 올라서고 아이들의 박수갈채가 쏟아졌다. 건형에게 최고의 하루는 이때 시작되었다.

고아원 아이들에게 건형은 그야말로 신기루나 다름없었다.

텔레비전에서나 보던 사람을 실물로 보게 된 것이었다.

당연히 아우성이 일었다. 그리고 너도나도 일어나서 질문을 던져대기 시작했다.

"저요! 제!"

"제가 먼저 질문하면 안 돼요?"

건형이 이마에 흘러내리는 식은땀을 소매로 훔쳐냈다. 아이들의 아우성만큼 무서운 것도 없었다. 누구 한 명 꼭 집어 물어보는 것도 어려웠다.

결국, 아이들을 담당하고 있는, 아직 어린 수녀님이 중재에 나섰다.

"차례차례 질문해도 된단다. 뭐 그렇게 궁금한 게 많아서 안달이 났니?"

"그래도 퀴즈의 신이잖아요! 저번에 방송 봤다고요! 수녀님도 같이 보셨잖아요."

"호호, 그야 그렇긴 했지만……."

수녀님의 양 볼이 빨개졌다. 괜히 민망해져서 그런 모양이었다.

건형이 머리를 긁적이며 말했다.

"어차피 시간은 많으니까 한 명씩 천천히 물어보렴. 오늘 여기 있는 동안은 다 대답해 주고 갈 테니까."

"저 먼저 할게요!"

조금 나이 있어 보이는 애가 먼저 나섰다. 딱 봐도 중학생 정도 되어 보이는 나이다.

건형이 고개를 끄덕였다.

"그래, 퀴즈의 신이라고 부르긴 하는데 너무 어려운 문제는 내지 말고."

"에이. 퀴즈의 신이면 다 맞힐 수 있는 거 아니에요?"

"하하, 그런가? 여하튼 한 번 내봐. 맞춰 볼 테니까."

"음……."

잠시 고민하던 소년이 문제를 냈다.

영어 문제였다. 문제는 별거 없었다. 영어 문법을 어느 정도 알면 쉽게 풀 수 있는 문제였다.

건형이 문제를 손쉽게 맞혔다.

그때, 대화를 듣고 있던 수녀님이 눈을 흘기며 그 소년을 바라봤다.

그럴 수밖에 없었다. 방금 그가 질문한 건 그녀가 과제로 내준 영어 문제였으니까.

그 뒤로 아이들의 꼼수가 계속해서 이어졌다. 당연히 문제로 낸 건 아이들이 쉽게 풀지 못했던 과제물이었고 그때마다 건형은 번번이 정답을 맞혔다.

결국, 참다못한 수녀님이 목소리를 높였다.

"너희 자꾸 그럴 거야? 과제는 너희 힘으로 해결해야지, 이분

도움을 받으면 안 되지! 퀴즈의 신이 그렇게 보고 싶다더니 고작 그런 거 물어보려고 그랬던 거였어?"

"……죄송해요."

"죄송해요."

아이들이 부끄러운 듯 고개를 푹 숙였다.

"하하, 제가 맞히지 말 걸 그랬나 보네요. 죄송합니다, 수녀님."

건형이 멋쩍은 얼굴로 말했다.

그도 퀴즈를 맞히면서 대충 짐작을 하곤 있었다. 문제라고 내는 게 시사나 상식, 경제 용어 이런 것도 아니고 고작해 봤자 초중학교 수준의 국어, 수학, 영어 문제였으니 말이다.

"아니에요. 손님 잘못이 아니죠. 이 녀석들이 어려서부터 꼼수를 피우는 게 문제인걸요."

"어차피 퀴즈라는 게 한정되어 있으니까요. 그러지 말고 우리 깜짝 공연이나 볼까요?"

"깜짝 공연요?"

수녀님이 눈을 휘둥그레 떴다. 며칠 전 민수한테서 건형이 온다고 이야기는 들었었다. 솔직히 그때 반신반의했었다.

그래서 아이들도 많이 들뜨곤 했었다. 그래도 빈말은 안 하는 민수라서 한번 시간이 되면 초대해 달라고 부탁한 것이었다.

그런데 또 다른 깜짝 공연이 있다는 말은 들어본 적이 없었다.

"네, 제가 친하게 지내는 여동생이 같이 왔거든요."

"아······."

그러고 보니 기억이 난다. 아까 전 같이 따라오던 왜소한 체구의 여성이 있었다. 후드를 푹 뒤집어쓰고 있어서 누군지 몰랐는데 그녀가 친하게 지내는 여동생인 모양이었다.

그래도 별 기대는 없었다. 어차피 이런 고아원에서 연예인이 나오는 그런 공연을 기대하는 건 아니었다. 그래도 아이들만 좋아한다면 그걸로 충분할 터였다.

물론 아이들을 돌보는 수녀님은 아직 지현의 정체를 모르니까 저렇게 생각한 것이었다.

원장 수녀님과 잠깐 인사를 나눴을 뿐 그 이후로는 계속 후드를 뒤집어쓰고 있었으니까.

이번에 그녀가 공연을 하기로 마음먹은 건 고아원 아이들을 보고 노래를 부르고 싶다는 감정이 불쑥 솟구쳐서였다.

잠시 뒤, 간이로 마련된 무대 위에 후드를 눌러쓴 여자가 올라왔다.

백여 명 정도 되는 아이들이 조심스럽게 그녀를 바라봤다.

그때, 맑고 청아한 목소리가 나오면서 사방을 옥죄이기 시작했다. 이윽고 그 목소리는 엄청난 힘을 내뿜으며 아이들의 가슴을 울려 냈다.

'이 노래는……'

건형이 환한 얼굴로 미소를 지었다.

그도 많이 들어본 노래였다.

꿈과 희망을 잃지 말고 좌절하지 말라고 격려하는 노래.

'이 노래를 지현이가 부를 줄은 몰랐네.'

노래의 제목은 David Guetta의 'Titanium'이었다.


지현도 이 고아원에 오기 전에 많은 고민을 했었다.

그녀는 가수였고 가수는 노래를 하는 직업이었다. 노래로 고아들에게 힘을 불어넣어 주고 싶었다. 소외되고 버림받았다고 생각할 게 분명할 그들에게 용기와 희망을 주고 싶었다.

그래서 선택한 노래가 이것이었다.

이 노래는 호주 출신의 가수 Sia가 노래를 부르고 데이비드 게타가 곡의 프로듀싱을 맡았다.

이 노래의 가사는 상대방이 하는 말을 총알로 비유해서 상처받은 사람들이 초반부에는 조용히 속삭이다가 후렴구에서는 저항하듯 목소리를 폭발적으로 부르는 그런 창법을 선보였었다.

"You shout it out but I can't hear a word you say······
Shoot me down but I get up······."

4분이 약간 넘는 시간 동안 노래가 계속됐다.

지현은 자신의 감정을 담아 노래를 불렀고 그 노래는 알 수
없는 힘을 담고 있었다. 그녀의 감정이 많은 사람의 감정에 파
문을 불러일으켰고 그것은 연쇄 작용을 일으켰다.

이윽고 노래가 후렴구에 이르렀다.

"You shoot me down, But I won't fall. I am
titanium······."


처음 노래에 반응한 건 아이들이었다. 가사를 모른다는 건
아무 문제가 되지 않았다. 지현이 이야기하고자 하는 그 감정에
아이들은 자연스럽게 동화됐다. 감수성이 많은 나이답게 지현
이 이야기하고자 하는 것을 쉽게 수용할 수 있었고 그 감정에
하나 된 것이었다.

수녀님의 눈망울에도 눈물이 맺혔다. 여태 많은 노래를 들었
지만 이렇게 감정이 북받쳐 오른 건 이번이 처음이었다.

저 얼굴을 가린 여자가 누구일지 궁금했다.

도대체 누구길래 이렇게 감정을 담아 호소력 짙은 노래를 부
를 수 있는 걸까.

건형도 놀란 얼굴로 지현을 바라봤다. 그는 군대에서도 여자 아이돌에게는 별 관심을 두지 않았다.

마치 홍수가 난 듯 쏟아지는 아이돌 그룹 탓에 며칠 지나면 새로운 그룹들이 유입되고 이전 그룹들은 소리 없이 묻히는 게 이 바닥이었다.

그래서 플뢰르라는 그룹이 있는지도 몰랐다. 준성이 가끔 술자리에서 이야기하는 걸 들었을 뿐이다. 그런 탓에 지현의 노래 실력이 어떤지도 알지 못했다.

'대한민국, 퀴즈에 빠지다!' 에 나가고 난 뒤 몇 차례 노래를 들어보긴 했지만, 퍼포먼스 위주의 노래다 보니 지현이 제대로 된 노래를 보여준 적은 별로 없었기 때문이다.

그렇게 해서 이번에 처음 듣게 된 지현의 노래.

솔직히 말해서 건형은 첫 소절을 듣는 순간 심장이 울림을 느꼈다. 그리고 노래가 끝나는 순간 자신도 모르게 가슴이 요동치는 걸 알 수 있었다.

감정을 뒤흔드는 노래, 이거야말로 지현이 가진 재능이었다.

그러고 보니 얼마 전 책에서 본 내용이 떠올랐다.


〈사람에겐 저마다 재능이 주어지는데 재능이 없는 사람은 아무도 없다. 다만 그 재능을 찾지 못할 뿐이다.〉

그렇다면 자신에게 주어진 재능은?

건형은 곰곰이 머릿속으로 생각해 봤다. 내게 주어진 재능이 뭐가 있을지 말이다.

사실 처음에만 해도 재능이 없다고 생각했다. 그래서 남들처럼 대학교를 졸업하고 취업한 다음 결혼해서 평범하게 살아가려고 했다.

그러다가 어느 날 퍽치기를 당했고, 그 때문에 아르바이트해서 번 돈은 몽땅 잃어버렸지만 새로운 능력을 얻게 됐다.

처음 건형은 자신의 능력을 '암기력' 이라고 생각했다.

포토그래픽 메모리 같이 모든 것들을 암기할 수 있는 능력이라고 여겼다.

그러나 도서관에서 책을 읽으면서 그 생각이 바뀌었다.

암기뿐만 아니라 이해하는 것도 가능했다.

단순히 암기만 했다면 학술 전문 사이트에 들어가서 그렇게 논문을 비판하고 해석하는 건 불가능했을 것이다.

그리고 바둑 대국!

이때 단순히 기보를 암기하고 이해하는 것을 넘어서 한 수 앞서 상대의 생각을 읽어 낼 수 있었다.

전체적인 판의 흐름을 볼 수 있었다는 이야기다.

그러나 이것뿐일까.

그 이후 몇몇 특별한 일들이 더 있었다.

한순간이지만 육체적인 능력을 강화해서 초인적인 힘을 이끌어내는 게 가능했다.

게다가 더 멀리 있는 것을 내다볼 수도 있었고 미세한 소리마저 듣는 것도 가능했다.

뇌를 주제로 공부했던 건형은 이 모든 게 뇌가 담당하는 역할이라는 걸 알고 있었다.

소리를 듣는 건 귀다. 그리고 그 귀가 들은 것이 자극을 일으키고 신경을 따라 뇌에 전달되면 뇌가 무슨 소리인지 알아내게 된다.

이 뇌를 활용하면서 신체가 전반적으로 활성화됐고 그에 따라 신체적인 능력이 급속도로 좋아진 것이었다.

굳이 이름 붙인다면 전뇌력(全腦力)이라고 할까.

뇌의 모든 것을 사용할 수 있는 그런 재능?

그때 막 노래가 끝이 났다.

지현이 얼굴을 붉혔다. 이렇게 가슴 떨리는 노래를 부른 건 오랜만이었다.

마치 초심으로 돌아간 그런 느낌이었다.

후드에 가려진 덕분에 이 빨개진 얼굴을 보이지 않은 게 다행이라고 생각됐다.

"와!"

강당에는 환호성이 가득 찼다.

건형이 머뭇거렸다. 원래는 지현을 소개하지 않으려고 했다. 괜히 기자들이 꼬이고 또 이상한 소리가 오갈까 봐 걱정스러웠기 때문이다.

"누구예요?"

"노래 아주 잘 부른다."

"누나, 팬 할래요!"

"앙코르!"

아이들의 아우성에 건형이 지현을 슬며시 쳐다봤다.

지현이 고개를 끄덕였다.

"괜찮아요. 한 곡 더 부를게요. 아니, 부르고 싶어요."

"괜찮겠어?"

"네, 저도 봉사하려고 온 거라고요! 그리고 제가 누군지 알려져도 상관없어요. 오늘 저는 떳떳하다고요!"

"알았어. 네가 하고 싶은 대로 해. 여긴 너 무대니까."

건형이 고개를 끄덕였다.

지현은 여기에 단순히 놀러 온 게 아니었다. 그녀도 봉사 활동을 하고자 이곳에 온 것이었다. 조금 전 자신의 행동은 그녀를 무시할 수도 있었다.

지현이 얼굴을 파묻다시피 했던 후드를 벗었다. 그러면서 그녀의 얼굴이 드러났다.

그룹 플뢰르의 메인 보컬이자 리더 이지현.

고아원에 있던 아이들이 환호성을 냈다.

"대박!"

"프, 플뢰르?"

태어나서 처음 아이돌을 실물로 보게 된 애들이다. 당연히 놀랄 수밖에 없다.

"앙코르!"

"앙코르!"

앙코르가 쏟아졌다.

지현도 그 기대에 부응해 노래를 부르기 시작했다.

청아한 목소리가 울려 퍼졌다.

플뢰르의 미니 앨범에 수록된 노래다.

시장에서 평가는 썩 좋지 못했지만, 평론가의 평은 좋았다. 감성을 자극하고 사람의 마음을 흔들고 있다는 그런 평이었다.

사실 플뢰르의 미니 앨범이 시장에서 성공하지 못했던 건 지금 아이돌 무대가 섹시 코드로 이뤄져 있기 때문이다.

그래도 지현은 주저 없이 그녀가 선택한 노래를 부르기 시작했다.

지금 가슴이 이 노래를 원하고 있었다.


건형은 무대 바로 앞칸에서 그 위를 올려다봤다.

노래를 부르는 지현은 마치 빛에 휩싸인 것만 같았다.

미니 앨범 이후 정규 앨범 1집에서 플뢰르도 섹시 코드를 가지고 나왔다. 시장에서 반응은 나쁘지 않았다.

그러나 얼마 못 가 흐지부지되었다. 그럴 수밖에 없던 게 개나 소나 한다는 섹시 코드를 따라 했더니 이도 저도 아닌 것이 되어 버렸기 때문이다.

건형은 오늘 지현이 노래를 부르는 걸 보며 확신을 느낄 수 있었다.

지현이 속해 있는 이 그룹은 이런 노래를 불러야 한다는 것을 말이다. 지현의 목소리가 가져다주는 이 짙은 호소력이라면 관중을 휘감아 버릴 수 있다고.

아이들은 물론 수녀님들도 노래에 폭 빠져 있었다.

어느새 자신은 주연이 아닌 조연으로 내려온 상태였다.

그러나 기분이 나쁘진 않았다. 오히려 지현의 노래를 들을 수 있어서 행복했다. 자신에게도 용기를 불어넣는 그런 느낌이었다.

그렇게 노래가 끝이 나고 지현은 어느샌가 아이들 사이에 둘러싸여 있었다. 그런 모습을 보며 건형이 멋쩍은 얼굴로 웃어 보였다.

애들한테 둘러싸인 채 두 사람은 선물도 나눠 줬다. 장난감 세트와 소꿉놀이 세트였다. 다행히 모자라진 않았다. 돈을 제법 쓰긴 했지만, 아이들이 행복해하는 모습을 보니 그깟 돈은 별거 아니라는 생각이 들었다.

그런 모습을 보고 있자니 아버지가 생각났다.

순직하기 전 아버지와 술자리를 가진 적이 있었다.

그 당시 건형은 고등학생이었는데 술은 부모님께 배워야 한다면서 아버지가 억지로 마시게 한 적이 있었다.

그때, 한창 술이 돌았을 무렵 아버지가 한 말이 있었다.


'남을 도울 능력이 된다면 도와야 한다.'


그래서 아버지는 경찰이 되었다고 했다. 남을 도울 능력이 되니까 남을 돕기 위해 말이다.

건형은 그 말을 곱씹어 봤다. 확실히 누군가를 도울 능력이 된다면 돕는 게 맞는 일이었다.

요즘 같은 세상에서는 그게 쉽지 않은 일이 되어 가고 있었지만.

한창 아이들이 노는 사이 건형은 고아원을 둘러보기 시작했다. 아직 찜찜한 게 하나 남아 있었다.

그것은 지난번 과학 잡지에서 봤던 그 의문의 낙서였다. 그 낙서는 분명히 이곳 사랑의 고아원을 가리키고 있었다.

한 번쯤 확인해 볼 필요성이 있었다.

건형은 천천히 주변을 둘러보기 시작했다.

고아원은 그렇게까지 큰 편은 아니었다. 아이들 백여 명을 수용하는 시설치고는 도리어 작은 편이라 할 수 있었다.

그런 탓에 돌아보는 데 오랜 시간이 걸리진 않았다. 건형은 비교적 이른 시간에 고아원 전체를 둘러볼 수 있었다.

그러나 자신이 원하는 건 좀처럼 찾아볼 수 없었다.

그가 원하는 건 어떤 단서였다.

아버지의 과학 잡지에서 봤던 의문의 낙서.

처음에만 해도 흔한 알파벳이라고 생각했지만, 나중에 다른 책들을 보며 그게 아니라는 걸 알 수 있었다.

그럴 수밖에 없던 건 그 알파벳 옆에 새겨져 있던 자그마한 도형 때문이었다.

타원형의 도형, 그 안을 채우고 있는 세 개의 눈.

흡사 호루스의 눈처럼 생겼는데 그 눈동자 안에 세 개의 눈알이 있는 형태라고 할 수 있었다.

그러나 고아원 어디를 둘러봐도 그런 형태의 도형을 찾아보는 건 힘들었다.

건형이 한숨을 길게 내쉬었다. 그리고 슬슬 강당으로 돌아가기 위해 발걸음을 옮길 때였다. 눈에 들어오는 게 하나 있었다.

평범한 하얀색 벽이었다.

그런데 무언가 남달랐다. 정확히 설명할 수 없지만, 머리에서 말하는 직관력이 이상하다고 이야기하고 있었다.

건형은 천천히 벽에 손을 가져다 댔다. 묘한 이질감이 느껴졌다. 뭐랄까? 페인트를 두 번 정도 바른 느낌이라고 해야 하나.

누군가 의도적으로 덧칠한 게 특정 부위에서만 느껴지고 있었다.

건형은 조금 더 자세히 벽을 들여다봤다. 그리고 자그맣게 새겨진 도형을 확인할 수 있었다.

그가 과학 잡지에서 봤던 그 도형과 똑같았다. 건형이 벽을 있는 힘껏 힘주어 밀기 시작했다. 그러나 아무 일도 일어나지 않았다.

'혹시 이 도형이……'

도형이 그려진 위와 아래에 힘을 집중해서 밀었다. 어깨로 들이밀어도 되지 않으니 혹시 이러면 되지 않을까 싶은 생각에서였다.

그 순간 건형이 생각해도 어이없을 정도로 손쉽게 문이 열렸다. 건형은 조심스럽게 안으로 발걸음을 들였다.

안은 어두컴컴했다. 한 치 앞을 분간할 수 없을 정도로 어두웠다. 그는 벽면을 더듬었다. 그러다가 근처에 스위치 같은 게 만져졌다.

건형은 바로 스위치의 버튼을 눌렀다. 그와 함께 빛이 순식간에 퍼졌고 방 안을 환하게 밝혔다.

그는 순간적으로 밝아진 시야에 잠깐 소매로 눈을 가리고 있었다. 그러다가 어느 정도 빛이 익숙해지자 천천히 주변을 둘러보기 시작했다.

그가 현재 있는 곳은 자그마한 다락방 같은 곳이었다.

예전에 그가 살았던 자그마한 반지하 방보다 더 작았다.

그런데 이렇게 작은 반지하 방에 웬만한 것들은 다 갖춰져 있었다.

책상이 한편에 자리 잡고 있었고 그 위에는 노트북 한 대와 두툼한 서류 뭉치가 놓여 있었다. 한편 구석진 곳에는 소형 발전기가 미세한 소음을 내며 돌아가는 중이었다.

건형은 일단 두툼한 서류 뭉치부터 하나둘 살펴보기 시작했다. 그 안에는 이런저런 정보들이 담겨 있었다.

대부분 5년 전의 것들로 낡은 정보들이었다.

그러나 이 서류에 적혀 있는 건 생각보다 훨씬 더 대단한 것들이었다.

고위급 공무원들의 온갖 비리들, 자금의 흐름, 정경유착, 서울을 비롯한 전국 범죄조직 현황, 그들과 맞닿아 있는 정치인들 등.

건형은 놀란 얼굴로 서류 뭉치들을 읽기 시작했다.

낡은 정보였지만 그 당시 이 정보들이 세상에 퍼지기만 했다면?

세상은 그야말로 발칵 뒤집혔을 것이다. 그 정도로 이 서류 뭉치에 기록되어 있는 자료들은 어마어마했다.

그때, 무언가 이상한 흔적이 보였다. 서류 뭉치 상단에 표시된 자그마한 낙서 자국 같은 것 때문이었다.

이전에도 건형은 이런 낙서 자국을 본 적이 있었다.

그것은 아버지의 수첩에서였다.

건형은 황급히 서류 뭉치들을 뒤지기 시작했다. 곳곳에 아버지의 흔적이 느껴졌다. 그리고 그는 결정적인 단서를 하나 찾아낼 수 있었다.

그것은 서랍장 안에 들어 있었다. 서랍장 안에 가족사진이 한 장 끼워져 있었다.

아버지와 어머니 그리고 여동생, 자신이 함께 찍었던 사진이다. 어릴 적 아버지가 휴가가 났다고 하면서 데려간 부산 경포대에서 찍었던 그 사진이었다.

'도대체 왜⋯⋯.'

믿을 수가 없었다.

일개 경사, 그것도 교통과에 소속되어 있는 경찰이 할 만한 일은 아니었다. 이런 건 강력계나 혹은 정보계 이쪽 계통에서 일하는 형사가 맡아야 하는 일이었다.

어째서 아버지가 이런 정보를 모아뒀는지 그 이유가 궁금했다. 서류 뭉치를 전부 다 암기해 둔 건형은 노트북을 한번 켜 봤다.

노트북을 켜자 윈도우 화면이 떴다. 그러고는 화면에 암호가 떴다. 이 암호를 풀어야만 노트북 속 내용을 확인할 수 있을 듯했다.

암호의 수는 다양했다. 어떤 게 정답일지 알 수 없었다.

만약 아버지가 쓰던 노트북이라면 가족과 관련이 있는 단어가 암호일 가능성이 컸다.

그렇지만 쉽게 도박을 걸 수는 없는 법이었다.

노트북을 끄고 다시 부팅하면서 해킹을 해 본다면 암호를 푸는 게 가능할 수도 있겠지만 위험 부담이 컸다.

강제 종료했다가 노트북 내의 자료가 사라질지도 몰랐다.

아버지에 대해 더 자세하게 알아보기 위해서라도 이 노트북 안의 정보가 필요했다.

일단 건형은 두툼한 서류 뭉치를 내버려 둔 채 노트북만 들고 바깥으로 나왔다. 문을 꼼꼼히 닫아 흔적이 남지 않게 만든 다음 강당으로 향했다.

강당에서는 한창 지현이 아이들과 놀아주고 있었다.

건형이 오자 민수가 의아한 얼굴로 물었다.

"어디를 그렇게 오랜 시간 갔다 왔어?"

"아, 화장실 좀 찾느냐고. 급하게 볼일 좀 보느라."

"그 노트북은 뭐야? 처음 보는 거 같은데?"

"아, 아까 전 챙겨 왔던 거야. 신경 쓰지 않아도 돼."

"그래?"

민수는 대수롭지 않게 생각하며 고개를 끄덕였다.

그러나 지현은 분명히 건형이 노트북을 챙겨온 적이 없다는 걸 알고 있었다. 건형이 쓰고 있는 노트북은 그의 집 안방에 있는 상태였다.

'왜 거짓말을 한 걸까.'

지현으로서는 의문점이 남을 수밖에 없었다.

어쨌든 그렇게 고아원에서의 짧은 반나절이 지났다.

점심을 먹고 난 다음 건형과 지현은 민수와 함께 고아원을 나왔다.

고아원에서 나온 뒤 민수가 물었다.

"두 사람 다 어땠어?"

"좋았어요."

"다음에 또 와도 돼요?"

지현의 말에 민수가 흔쾌히 고개를 끄덕였다.

"당연히 되고말고. 아이들도 엄청나게 좋아하던데? 정말 와 줘서 고마워. 애들한테 잊지 못할 경험이 되었을 거야."

"으, 으응."

"네, 그럼요."

활기차게 대답하는 지현과 다르게 건형의 대답은 어딘가 힘이 없어 보였다.

그런 건형을 보며 민수가 물었다.

"무슨 안 좋은 일 있어? 아까부터 왜 이렇게 힘이 없어?"

"아, 별거 아니야. 생각 좀 할 게 있어서."

건형이 머리를 긁적였다.

민수가 그의 어깨를 두드렸다.

"기운 내라."

건형이 어색하게 웃어 보였다.

그때, 지현은 수상쩍은 눈빛으로 건형을 바라봤다. 평소 자신이 본 건형의 모습과 오늘 건형의 모습은 꽤 많은 차이가 있었다.


한편 건형은 두 사람과 함께 콜택시를 타고 종로로 오는 동안 계속해서 생각에 잠겨 있었다.

건형은 점심을 먹고 난 다음 막간을 이용해서 원장실에 갔다 왔었다. 그리고 원장 수녀님을 만나 뵙고 자초지종을 물어봤었다.

여기에 자신의 아버지가 온 적이 있지 않냐고 말이다.

처음 헷갈리던 원장 수녀님도 건형의 말에 고개를 끄덕였다.

분명히 아버지는 이곳에 온 적이 있었다. 그것도 한두 번이 아니라 여러 차례. 교통과 경찰이었던 아버지가 어째서 이곳에 자주 왔던 것일까.

물론 고아원에 와서 고아들을 돌보느라 그랬을 수도 있었다. 그런데 그 다락방은 무엇이고 그 표식은 무엇이며 다락방에서 본 숱한 서류들과 이 노트북은 무엇일까.

의문이 꼬리에 꼬리를 물고 있었다.

속이 답답했다. 풀리지 않는 수수께끼를 쥐고 있는 듯한 그런 기분이었다.

일단 이 노트북을 확인해야 했다. 그리고 그 안의 자료를 찾아볼 필요성이 있었다.

종로에서 세 사람이 내렸다. 지현은 여느 때처럼 후드를 푹 눌러쓴 다음 목도리까지 돌돌 매고 있었다. 그래도 호리호리한 체구에 늘씬한 각선미 탓에 사람들의 시선을 뚫어지게 받고 있었다. 딱 봐도 몸매가 보기 좋았으니 어쩔 수 없는 일이었다.

민수가 환하게 웃으며 말했다.

"나 먼저 들어가 볼게. 오늘 둘 다 고마웠어. 정말 너희 때문에 오늘 내 체면 좀 살린 거 같아."

"별말씀을요. 형, 제가 다음에 다시 연락드릴게요."

"그래, 지현 씨도 조심히 들어가요."

"아, 네. 다음에 또 뵐게요."

"그리고 건형아. 네가 지현 씨 모셔다 드려. 혼자 보내는 거 예의 아니다. 알지?"

민수가 먼저 돌아가고 건형은 지현과 함께 택시에 다시 올라탔다. 그래도 고아원까지 함께 가 준 지현인데 이렇게 혼자 돌려보낼 수는 없는 노릇이었다.

그녀가 머무르고 있는 숙소는 강남에 자리 잡고 있는 아파트였다. 택시에 올라타고 한강을 건널 무렵 지현이 조심스럽게 입을 열었다.

"오빠, 아까 왜 거짓말한 거예요?"

"응? 뭐, 뭐가?"

"그 노트북요. 오빠 집에서 가져온 거 아니었잖아요. 고아원 안에 있던 거 아니에요?"

"응, 맞아. 사실 예전에 고아원에 맡겨 뒀던 건데…… 사정을 설명하자면 조금 길어. 이해해 줘."

"……무슨 문제 있는 거 아니죠?"

"그럼. 무슨 문제가 있겠어."

"그냥 걱정돼서요. 여하튼 이상한 일에 휘말리지 마시고요. 알았죠?"

"알았어. 그보다 거의 다 온 거 같은데?"

어느덧 택시는 강남에 도착한 상태였다.

지현이 아쉬운 얼굴로 볼을 부풀렸다. 조금 더 오래 가까이 있고 싶었는데 벌써 헤어져야 할 시간이 찾아오고 있었다. 그러나 정작 이 남자는 자신의 그런 마음도 몰라보고 있었다.

그래도 오늘 하루 건형과 더 가까워진데다가 고아원에서 뿌듯한 마음으로 봉사 활동을 할 수 있었던 것에 만족하기로 했다. 더군다나 예전에 노래 불렀을 때의 그 초심을 되찾을 수 있었으니 일거양득, 아니 일거삼득이었다.

"그러면 저 들어가 볼게요."

"응, 연락할게."

지현은 수줍게 얼굴을 붉히더니 그대로 총총걸음으로 사라졌다. 그녀가 오피스텔 안까지 들어가는 걸 확인하고 난 뒤에야 건형은 다시 종로로 향했다.


집으로 돌아온 건형은 노트북을 책상에 올렸다.

여전히 암호를 입력하라는 창이 화면에 떠 있었다.

암호가 무엇일까?

건형의 머릿속에서 고민이 시작됐다.

좀처럼 암호를 입력하지 못하던 건형은 혹시 하는 생각에 키보드를 누르기 시작했다.

아버지였다면 어떤 암호를 눌렀을까?

평소 아버지가 즐겨하던 말은 '남을 도울 능력이 있다면 도와야 한다.' 였다. 그러나 이렇게 길게 암호를 남겼을 리는 없다. 건형은 곰곰이 생각을 거듭했다. 그러다가 생각나는 단어가 하나 있었다.

아버지가 가장 소중하게 생각하던 것.

그것은 바로 '가족' 이었다.

가족…….

'family'

가족을 뜻하는 영어 단어다.

'한 번에 되라, 되라, 되라.'

건형이 두근거리는 마음을 숨기지 못한 채 암호를 입력했다. 그 순간 화면이 밝아지는가 싶더니 윈도우창이 떴다.

"됐어!"

사실상 찍은 거나 다름없던 암호가 제대로 들어맞은 것이었다. 건형은 두근거리는 마음을 진정시키며 화면을 응시했다. 도대체 이 노트북 안에 무슨 자료들이 남아 있는 것일까.

그때였다.

다시 화면이 새까매졌다.

그리고 화면에 문장이 하나 떠올랐다.


[Who are you?]


건형이 그 문장을 본 순간 침을 꿀꺽 삼켰다.

누군가 자신을 이 노트북 너머 마주 보고 있는 것만 같았다.

Chapter. 05

건형은 노트북을 뚫어지게 바라봤다.

뭐라고 적어야 할지 한참이나 망설인 끝에 건형이 노트북 키보드를 두드렸다.

[저는 박건형이라고 합니다.]

잠시 노트북 화면이 잠잠했다.

건형은 초조한 얼굴로 화면에 새로운 글자가 뜨길 기다렸다.

분명히 이 사람은 아버지와 연관이 있는 사람이었다.

그렇다면 자신의 이름을 들어 봤을 테고 어떤 식으로든 반응해 올 게 분명했다.

[정말입니까? 당신이 박성철 씨의 아들이 맞습니까?]

박성철, 아버지의 이름이다.

오랜만에 듣는 그 이름에 건형이 조심스럽게 타이핑을 했다.

[예. 사랑의 고아원에서 이 노트북을 발견했습니다. 당신은 누구시죠?]

[그 노트북의 통신 보안은 좋은 편이 아닙니다. 한번 만나서 이야기하는 게 좋을 거 같군요. 국회도서관 앞에서 만나면 어떻겠습니까?]

[언제 말이죠?]

[빠를수록 좋겠군요. 내일 오후에 봅시다.]

건형이 시간을 확인했다.

내일은 월요일, 원래는 학교를 가야 하는 날이다. 하지만 이 사람을 만나서 진실을 알아보는 게 더 중요했다. 언제 신기루처럼 사라질지 알 수 없는 일이니 말이다.

[그렇게 하겠습니다.]

[오후 여섯 시에 뵙도록 하죠.]

그렇다면 강의가 끝나고 시간을 맞출 수 있을 것도 같았다. 오후 강의는 없으니 말이다.

[예, 그렇게 하겠습니다.]

그리고 그 순간 화면이 다시 새까매지는가 싶더니 바탕화면이 원래대로 돌아왔다.

건형은 화면을 바라보다가 주먹을 세게 움켜쥐었다. 드디어 단서를 잡을 수 있게 됐다. 잘하면 아버지의 죽음에 얽힌 진실을 알 수 있을 거 같다는 생각이 들었다.

"내일 가 봐야지. 그리고 만나서 어떻게든 확인을 해야겠어."


이튿날 건형은 아침 일찍 일어났다.

오늘이 개강 2주째 되는 날이었다.

첫째 주는 빠졌지만 둘째 주부터 빠지면 안 됐다. 학점에 크게 의미를 두고 있진 않았다. 어차피 강의를 설렁설렁 듣더라도 좋은 학점을 받는 것은 어렵지 않을 거로 생각했다. 머릿속에 수많은 지식이 쌓여 있는데 어떤 문제를 내더라도 틀릴 거 같진 않았기 때문이다.

그래도 졸업은 해야 했다. 엄마의 하나뿐인 소원이었기 때문이다.

일찍 일어나 아침을 간단히 챙겨 먹은 건형은 곧장 학교로 향했다.

1교시부터 학교 전공 강의가 있었다.

그가 머물고 있는 오피스텔에서 학교까지는 거리가 멀지 않았기 때문에 건형은 천천히 발걸음을 옮겼다. 저 멀리 학교가 눈에 들어오고 있었다. 그리고 학교로 들어가는 수많은 대학생도 눈에 들어왔다.

건형이 서서히 큰길가에 모습을 드러냈을 때 사람들의 이목에 그에게 한 번씩 쏠렸다. 그리고 수군거리는 소리가 커졌다.

건형은 머리를 긁적였다. 사실 예상했던 바였다. 게다가 이번 주 수요일에 대한민국, 퀴즈에 빠지다! 녹화했던 게 방송을 타게 된다면 소요는 더 커질 게 분명했다.

그는 애써 사람들의 관심을 뒤로 한 채 강의실로 향했다. 대부분 그를 보며 수군거릴 뿐 실제로 가까이 오는 사람은 많지 않았다. 쉽사리 다가오는 것도 쉬운 일이 아니었고 말이다.

"어휴. 힘들어 죽겠다."

강의실에 도착한 건형은 푸념 섞인 얼굴로 한숨을 길게 내쉬었다. 괜히 퀴즈쇼에 나간 게 아닌가 하는 생각이 들었다. 이렇게 사람들의 관심을 끌게 될 거라고는 생각하지 못했었다.

그런데 조금 이상했다. 자신이 퀴즈쇼에 나가서 1등 한 건 사실인데 그 관심은 며칠 못 가서 시들시들해졌다.

인제 와서 다시 관심을 끌고 있는 게 조금 이상했다.

수요일이었으면 그나마 이해가 갔을 것이다. 그날은 대한민국, 퀴즈에 빠지다! 가 방송하는 날이니까.

아직도 자신이 그 암을 고친 것으로 믿고 있는 사람들이 많은 걸까?

그게 아니면 텔레비전에 여러 번 나오고 인터넷 기사에 뜬 자신이 근처에 산다는 것이 신기해서일까?

건형은 자신의 머리를 탓했다.

"그냥 대학생이 아니라 백수라고 할 걸 그랬나. 괜히 대학교 밝혀서 이 고생 하는 거 같기도 하네."

같은 학교니까 더 관심이 있는 것일 수도 있었다.

어쨌든 건형은 강의실 책상에 그대로 엎드린 채 쓰러졌다. 아직 강의가 시작하기까지는 이십여 분 남짓 남아 있었다.

시간이 지나고 차츰 빈 강의실이 하나둘 차기 시작했다. 그리고 대여섯 명 정도 찼을 때 한 명이 안으로 들어왔다. 뒷자리에 앉아 있는 건형을 본 그가 그대로 헤드 록을 걸었다.

"커, 컥. 누, 누구야!"

"야, 신성한 강의실에서 이렇게 누워서 자는 게 말이 되느냐? 일어나, 십 분 남았어."

고개를 돌려보니 동기 녀석 중 한 명이었다.

"야, 잘 지냈냐?"

"나야 잘 지냈지. 너 첫 주에는 왜 빠졌냐?"

"그냥 귀찮아서. 여러모로 바쁘기도 했고."

"교수님이 너 되게 보고 싶어 하던데. 퀴즈쇼에서 1등 했잖아. 그거 때문에 장난 아니었어. 아마 오늘 이것저것 죄다 물어볼 걸?"

"아, 그건 사양인데. 근데 못 보던 사람들이 많네?"

"로스쿨 생기면서 신입생 더 안 받기 시작했잖아. 요새 보면 대부분 타과생이 많아. 우리 과 전공이 점수 잘 준다는 소문이 있었나 봐."

"그보다 우린 언제 졸업하냐? 아직 2년이나 남았네. 후, 빨리 졸업하고 싶다."

"그러게. 너야 뭐 퀴즈쇼로 벌어 둔 상금도 있고. 나는 걱정이다. 졸업해서 뭐해 먹고살지 말이야. 요새 문과 취업 더럽게 안 되잖아."

그때, 속속 동기 녀석들이 들어오기 시작했다.

그렇게 네 명이 뒷자리에 앉고 앞자리를 타과생들이 대부분 채우기 시작했다.

강의가 시작하기 얼마 전 교수님이 들어왔다.

출석부를 부르던 교수님은 건형 차례에서 약간 멈칫했다. 그러더니 헛기침을 몇 번 하며 이름을 불렀다.

"박건형?"

"예. 여기 있습니다."

건형이 손을 들어 올렸다. 교수님이 눈을 빛내며 물었다.

"저번 주에는 왜 강의에 나오질 않았나?"

"아, 사정이 있었습니다."

"그래? 자네가 이 주 전에 퀴즈쇼에서 우승한 그 사람 맞나?"

"맞는 거 같습니다."

두 사람이 대화를 나누는 사이 강의실에 삼삼오오 자리하고 있던 학생들의 시선도 그에게 자연스럽게 쏠렸다.

건형 옆자리에 앉아 있던 동기들은 피식 웃음을 터트렸다. 한동안 학기 내내 건형이 시달릴 게 뻔히 눈에 보였기 때문이다.

"그럼 지금부터 강의를 시작하도록 하겠습니다. 저번 주에 안 나온 학생이 있으니 한 번 더 언급해 두겠지만, 최대 세 번까지는 결석해도 상관없습니다. 그러나 그 이상 무단결석하는 경우 바로 에프 학점을 받게 될 테니 웬만해서는 그런 일이 없었으면 합니다."

그리고 강의가 시작됐다.

처음에만 해도 나름 흥미 있게 강의를 쳐다보던 건형은 이내 지루한 얼굴로 고개를 설레설레 저었다.

교수님이 강의하고 있는 건 이미 머릿속에 기억된 내용이었다.

어떻게 보면 교수님보다 훨씬 더 자세하고 매끄럽게 설명할 수도 있을 거 같았다.

그러나 굳이 건형은 그런 걸 내색하지 않았다. 귀찮은 일은 질색이었다.

그렇게 장장 세 시간에 걸친 강의가 끝났다.

그동안 건형은 교수님이 틈틈이 던지는 질문을 계속해서 대답해야 했다. 그럴 때마다 건형은 완벽하게 정답을 이야기했고 교수님은 흡족한 얼굴을 지어 보였다.

앞으로의 수난이 익히 예상되었다.

강의가 끝나고 동기 녀석들이 건형을 둘러싼 채 말했다.

"대단하네. 대단해. 도대체 어떻게 된 거야?"

"뭐가?"

"군대 갔다 오기 전에만 해도 너 학기 성적 생각해 봐."

건형이 1학년 1, 2학기 성적을 떠올렸다.

그때, 평균 학점이 2.5 정도였던가?

2학년 때는 그나마 성적이 올랐지만 3.5 정도에 불과했다.

그래도 출석은 많이 빠지지 않아서 F 학점을 받은 건 없었지만, 전체적으로 C에서 D의 학점을 형성하고 있던 건 사실이었다.

"군대 가서 열심히 공부했지. 갔다 와서도 열심히 했고."

"네가 그럴 놈이 아닌데. 다 알아."

"그냥 그렇게 생각해. 밥이나 먹으러 가자."

"그래, 학식 갈 거지?"

"뭐, 거기가 제일 편하겠지."

건형이 고개를 끄덕였다.

그리고 친구들과 함께 학생 식당으로 발걸음을 옮겼다.

그런데 그 사이 전화가 왔다. 전화가 온 곳을 확인해 보니 준성이었다. 의대생이라 한창 바쁠 텐데 갑자기 왜 전화를 한 건지 이유가 궁금했다.

"무슨 일이야?"

[야, 너 사실이야?]

"갑자기 뜬금없이 무슨 소리야?"

[기사 못 봤냐? 지금 기사 확인해 봐.]

건형이 스마트폰을 조작했다. 그리고 애플리케이션을 실행해서 N 사이트에 접속했다.

메인 사이트에 자신과 관련이 있는 기사가 올라와 있었는데……

기사를 보는 순간 건형이 머리를 헝클어트렸다.

문제가 터졌다.

기사가 있긴 했는데 그건 다름 아닌 열애설이었다.

"아, 이거 뭐야."

[사실이냐고. 네가 감히 이지현하고 같이 봉사 활동 갔다는 게 사실이야?]

"그런 거 아니야. 그냥 우연히 같이 가게 된 거야."

[그때도 뭔가 숨기는 거 있다 생각했는데. 나중에 두고 보자.]

전화가 끊겼다.

건형이 한숨을 내쉬었다. 그리고 기사부터 확인해 봤다.

파파라치로 유명한 한 회사에서 보도한 기사였다. 자신과 지현이 함께 찍힌 사진이 여러 장 있었다. 사랑의 고아원에 가서 봉사 활동하고 있을 당시의 사진이었다.

건형은 댓글을 확인해 봤다. 아직 댓글은 전체적으로 호의적이었다. 봉사 활동을 같이 간 것뿐이라는 의견이 지배적이었다.

그러나 몇몇 댓글 같은 경우 둘이 사귀는 게 아닌지 의구심을 갖고 있었고 누구는 기정사실로 하고 있었다.

이 일을 어떻게 해야 하나 걱정이 앞섰다.

그때, 얼마 지나지 않아 지현이가 속해 있는 그룹의 소속사에서 반박 성명을 냈다.

휴가 기간 고아들을 사랑하는 마음에 봉사 활동을 간 것일 뿐 건형과는 아무 관계 없다는 이야기였다. 그리고 그 기사가 올라온 지 얼마 되지 않아 전화가 왔다. 모르는 번호였다.

건형이 전화를 받았다.

굵직하고 낯선 목소리가 들렸다.

[안녕하십니까? 박건형 씨. ANK 엔터테인먼트의 대표 이종수라고 합니다. 언제 한번 시간을 내주실 수 있겠습니까?]

"지현이 일 때문인가요?"

[예, 그것도 있고 겸사겸사 이야기 좀 나누고 싶습니다. 이번 일 같은 경우는 저희 소속사에서 낸 성명대로 따라주셨으면 합니다. 이제 막 뜨려고 하는 아이들인데 그 앞길에 흙탕물 뿌려서 되겠습니까?]

"알겠습니다. 그러면 이번 주 주말에 제가 찾아가겠습니다."

[아, 소속사로 오실 필요는 없고 근처 N 호텔이 있습니다. N 호텔 3층에 있는 레스토랑에서 뵙겠습니다.]

전화를 끊었다.

건형은 한숨을 길게 내쉬었다. 해야 할 일이 많았다.

여동생에 관해서도, 아버지에 관한 것도 알아봐야 했다. 거기에 지현이 일도 해결해야 했고 자신의 능력의 한계도 확인해 둬야 했다. 이래저래 할 일들이 많았다.

전화가 끝나고 동기 녀석들이 건형에게 달라붙었다.

"야, 어떻게 된 거야? 너 진짜 사귀는 거야?"

"그런 거 아니야. 그냥 친한 오빠 동생 사이야."

"와, 대박. 아이돌하고 사적으로도 연락하냐?"

"대박이라고 할 게 뭐 있어. 여하튼 오해 같은 거 하지 마라. 이상한 사이 아니야. 그냥 말 그대로 친동생 같은 애니까."

"쿡쿡, 누가 뭐라고 했냐? 너 찔리는 거 아니야?"

"……."

건형은 머리를 감싸 맨 채 학식 안으로 들어갔다. 그 뒤를 동기들이 뒤따랐다.

학식에서도 상황은 비슷했다. 학생들 모두 자신을 힐끗힐끗 바라보고 있었다. 그러면서 은근슬쩍 수군거리는 게 지현에 관한 이야기를 하는 모양이었다.

이럴 때 잘 발달한 뇌가 또 제 기능을 하기 시작했다. 굳이 안 해도 되는데 말이다.

측두엽이 활성화되면서 청각이 눈에 띄게 좋아졌다. 그리고 사방에서 떠들어 대는 이야기가 들렸다.

'정말 사귀는 거 맞아?'

'그렇다니까? 저번에 지라시 돈 거 못 봤어? 일부러 회식 자리에도 남았대잖아.'

'그런 일이 있었어?'

'와, 연예인이 먼저 대쉬한 거야?'

'모르지. 아니면 말고.'

건형은 지끈거리는 머리를 감싸 쥐었다. 필요 없는 상황에서도 가끔 제멋대로 발현되는 이런 능력이 참 야속하기만 했다.

건형은 모른 척 음식을 받고 식판을 든 채 빈자리에 가서 앉았다.

동기들도 그 자리에 옹기종기 자리했다.

"괜찮냐? 다들 네 이야기만 한다."

"완전 인기인 다 됐네. 축하한다."

"축하하기는 개뿔. 아, 그냥 몇 년 휴학할까?"

"신입생도 없는데 그러다가 너 혼자 우리 학과에 남는다. 무슨 말인지 알지?"

건형이 한숨을 길게 내쉬었다.

동기 녀석의 말이 맞았다. 로스쿨이 도입되고 법학과는 더는 신입생을 받지 않고 있었다. 들어 보니 다른 학부로 편입시킨다는 이야기도 있었는데 금세 물거품이 된 모양이었다.

건형은 주변 사람들을 쳐다봤다. 그리고 그들의 표정을 바라봤다. 지식이 넓어지고 직관력이 풍부해지면서 사람의 표정을 봐도 그 사람이 무슨 생각을 하고 있는지 유추할 수 있어졌다.

대부분은 호기심 어린 얼굴로 자신을 바라보고 있었고 몇몇은 질투심, 적개심 등이 어려 있었다.

아무래도 플뢰르의 팬이거나 지현의 개인 팬인 모양이었다.

건형은 멋쩍은 얼굴로 그들을 쳐다봤다. 그들의 기분을 이해하지 못하는 건 아니었다. 그들로서는 자신의 아이돌을 빼앗긴 그런 느낌일 테니까.

건형도 그런 기분을 느껴 본 적이 있었다. 중학생 때 좋아하던 가수가 결혼했을 때 말이다.

어쨌든 학생식당에서 건형은 그렇게 동기들과 함께 눈칫밥을 먹을 수밖에 없었다.

눈칫밥을 먹고 PC방에 가서 게임을 한두 판 하고 있다 보니 슬슬 오후 강의 시간이 됐다.

오후 강의를 들으러 강의실에 들어간 건형은 이번에도 오전 강의와 비슷한 상황을 직면할 수 있었다.

이번 강의의 교수님은 비교적 젊은 편이었고 건형에게 퀴즈 쇼 질문뿐만 아니라 지현에 관한 질문도 물어보는 통에 꽤 고생했다. 들어 보니 플뢰르의 개인 팬인 모양이었다.

그렇다 보니 고초가 클 수밖에 없었다. 강의 시간 내내 질문을 던지면서 건형이 꼬투리 잡힐 말이라도 한다면 그 즉시 잡아내려고 했으니 말이다.

그렇게 오전 강의, 오후 강의를 모두 빡빡하게 듣다 보니 심력이 장난 아니게 소모됐다.

건형은 힘겹게 강의를 마치고 난 다음 지하철을 타고 여의도로 향했다.

오늘 저녁은 그 사람을 만나기로 한 날이었다.


국회도서관 앞은 한산했다. 이미 국회도서관은 문을 닫은 상태였고 건형은 그 앞에서 우두커니 그가 나오길 기다리고 있었다.

주변에 사람들은 많지 않았다. 하릴없이 누군가가 나오길 기다리던 그때 건형 앞에 까만색 세단이 멈춰 섰다.

건형이 의아해할 때 보조석 창문이 내려가고 누군가 입을 열었다.

"안으로 타."

낮고 굵은 중저음의 목소리.

건형은 의심쩍어해 하다가 일단 세단에 올라탔다. 그리고 운전석에 타고 있는 사람을 확인했다.

날카로운 인상에 새까만 정장을 입고 있는 사내. 딱히 눈에 띄는 건 없었다. 좋게 말하면 눈에 안 띌 만큼 평범하다는 거고 나쁘게 말하면 특색이 없다는 이야기였다.

창문이 닫히고 세단이 다시 도로를 달리기 시작했다.

그렇게 오 분 정도 침묵이 이어졌다.

건형은 아무 말 없이 창밖을 바라보고 있었다.

결국, 먼저 입을 연 건 운전석에 타고 있는 사내였다.

"성철 형님을 많이 닮았구나."

"아버지를 아세요?"

"물론이지. 그러나 성철 형님이 무슨 일을 하는지는 들어본 적이 없나 보구나. 훈련을 받은 경험도 없는 거 같고."

"훈련이요?"

"그래, 기본적인 것도 못 받은 모양이야. 일단 아지트로 가자. 여기는 보는 눈이 많다."

건형은 고개를 끄덕였다.

얼마 지나지 않아 세단이 멈춰 섰다.

그가 세단을 몰고 온 곳은 서울 근교의 한 별장이었다.

사내가 내리고 건형도 그 뒤를 따라 내렸다.

별장 안에 들어서고 난 뒤에야 사내가 쓰고 있던 선글라스를 벗었다. 날카로운 흉터가 사선을 가르고 있었다. 눈을 아슬아슬하게 빗나간 그 상처는 길쭉했다. 그 밖에도 뺨 옆 부분에 그을린 자국이 있는 걸 보니 화상 자국인 모양이었다.

"상처가 심하시네요."

"이 일을 하다 보면 어쩔 수 없이 겪게 되는 일 중 일부지. 저녁은 먹었냐?"

"아, 아뇨."

"일단 밥부터 먹자. 그리고 그렇게 경계하지 않아도 돼. 뭐 먹고 싶은 거 있어?"

"아니요. 괜찮습니다. 그보다 아버지 이야기를 들어 보고 싶습니다."

"급하긴. 그건 성철 형님 성격을 꼭 빼닮았구나. 그래, 자리에 앉자. 커피라도 마시면서 이야기하지."

잠시 뒤, 사내가 커피 두 잔을 타왔다. 싸구려 믹스 커피였다.

커피를 홀짝이던 사내는 한참 동안 말이 없었다. 건형은 그를 닦달하지 않았다. 그는 지금 무척 고민에 빠져 있었다. 그의 표정, 얼굴 근육 등을 통해 읽어낸 사실이었다.

한참이나 고민하던 사내가 입을 연 건 뜨겁던 커피가 싸늘하게 식은 무렵이었다.

"어디서부터 이야기를 해야 할지 모르겠구나. 일단 내 소개부터 하마. 나는 김지혁이라고 한다. 성철 형님하고는 의형제지간이나 다름없었다. 성철 형님은 내가 매우 존경하던 형님이었고 내 목숨까지 내놓을 수 있는 그런 분이셨다."

이야기를 들어 보니 아버지를 그만큼 각별하게 생각한 모양이었다. 그가 일부러 얼굴 근육을 조정하고 있는 게 아니라면 지금 하고 있는 말은 분명한 진심이었다.

"그런데 형님이 그렇게 갑자기 돌아가실 거라고는 생각지도 못한 일이었지. 정말 비극이었어. 어떻게 그렇게 돌아가실 수가 있었을까."

"어떻게 돌아가신 거죠? 이유가 뭐였죠?"

"그래, 나도 그게 궁금했다. 그래서 형님이 돌아가시고 난 뒤 계속해서 그 뒤를 밟았다. 상대는 생각보다 교활하고 정보를 잘 다루는 자였다. 내가 뒤를 밟았다 싶으면 곧장 도망치곤 했었지. 그렇지만 나는 이쪽 분야의 스페셜리스트였고 결국 그의 뒤를 밟는 데 성공했다."

"그래서요? 어떻게 됐죠?"

건형이 침을 꿀꺽 삼켰다. 무슨 이야기가 나올지 기대가 됐다. 호기심이 생겼다.

그는 아버지를 죽인 원수를 찾아낸 것일까.

"그렇지만 뒤가 밟히자마자 그는 망설임 없이 목숨을 끊었다. 자결한 거였지. 그 정도 실력이었으면 이 바닥에서는 다섯 손가락에 들 만큼 대단히 뛰어난 사내였는데도 말이야. 황급히 그의 품을 뒤져 보긴 했지만 예상했던 대로 아무 단서도 찾아 낼 수 없었어."

"결국, 배후에 누가 있는지는 알 수 없는 거군요."

"그런 셈이지. 어쩔 수 없는 일이었어. 그가 그렇게 자결할 것 이라고는 생각지도 못한 일이었거든."

그럴 만했다. 뒤쫓던 사람이 뒤가 밟혔다고 자살할 거라고 누가 예상하겠는가.

아마 아무도 예상하지 못했을 터다.

"그래도 배후에 누군가 있는 건 분명해. 그렇지 않은 이상 경 찰을 그렇게 쉽게 죽일 수 있겠어?"

"그건 그렇겠죠."

경찰을 죽였다. 그것도 교통사고로 위장해서 죽인 것이다.

그러나 경찰 측에서는 입을 다물었다. 그리고 순직 처리하는 것으로 마무리 지었다. 제대로 된 현장 조사도 이루어지지 않았다.

　　오히려 아버지는 졸지에 더러운 경찰로 낙인찍힐 뻔한 적도 있었다. 교통사고를 일으켰는데 음주운전을 한 게 아닌가 하는 의혹까지 받게 된 것이었다.

　　물론 그 의혹은 얼마 지나지 않아 사라졌지만, 건형에게 있어서 이것은 경찰에 대한 신뢰를 엄청나게 낮추는데 한몫한 사건이기도 했다.

　　어쨌든 그것만 놓고 보더라도 배후의 상대가 누구든지 간에 경찰도 좌지우지할 수 있을 정도로 대단한 권력을 거머쥐고 있을 듯했다. 그렇지 않고서야 아버지에게 그런 누명을 씌운다는 게 애초에 불가능한 일이니까.

　　건형 말에 그가 말했다.

　　"그 일 내가 막은 거였다. 안 막았으면 형님은 부패 경찰이라는 누명을 뒤집어썼을지도 모를 일이었지. 그래서 일부러 내 정체를 드러내는 한이 있더라도 그것만큼은 막고자 했었어."

　　"정말이에요?"

　　"그래, 만약 내가 없었으면 어떻게 되었을지 몰라. 그만큼 누군지 몰라도 정말 이 대한민국을 쥐락펴락하고 있을 거야. 경찰 한 명쯤은 쉽게 없애버릴 수 있을 만큼."

"여기는 안전한 건가요?"

"여기는 내 임시 거처 중 한 곳이야. 언제 버려도 상관없는 곳
이고."

"……능력이 좋으신 모양이네요."

"그건 너도 마찬가지던데? 요 며칠 너를 조사해 봤다. 형님
아들이 어떤 녀석일지 궁금했거든. 형님은 간혹 아들 이야기를
꺼내긴 했지만 좀처럼 많은 이야기를 하려 하진 않았거든. 그냥
언젠가 큰일을 할 녀석이라고 이야기했을 뿐이었지."

"아버지가 그랬나요?"

어릴 때만 해도 건형은 말썽꾸러기에 가까웠다. 하라는 공부
는 제대로 안 하고 친구들과 놀러 다니기 일쑤였다. 그래서 아
버지한테 꾸중을 들은 적도 많았다.

만약 아버지가 순직하지 않았다면 건형은 그때에도 정신을
차리지 못하고 흐지부지하다가 전문대나 고졸에 그쳤을지도
모를 일이었다.

"그래, 그랬지. 이제는 다 옛날 추억들일 뿐이지만. 어쨌든 만
나서 반갑다. 형님 아들을 이렇게 볼 수 있게 되어 기쁘다. 그리
고 그 아들이 형님의 발자취를 좇아올 줄이야."

"궁금했어요. 아버지는 어떠한 일을 하신 건지. 저한테 한 번

도 이야기해 주신 적이 없었으니까요."

"그럴 수밖에 없지. 형님은 네가 위험한 일에 휘말리는 걸 싫어했을 테니까. 나라도 그랬을 거야. 어쨌든 이제 어떻게 할 생각이냐? 형님은 내가 속해 있는 곳의 정보요원이었다. 그곳에서도 최고로 평가받던 분이었어. 지금은 거의 괴멸된 거나 다름없어졌지만."

"어떻게 하다뇨?"

"그냥 단순히 형님이 뭘 했는지 궁금해서 나를 만나고 싶어 했던 거였냐?"

"……예."

"그러면 형님이 그렇게 된 거에 대해서는 아무것도 못 느끼는 거냐? 분노라든가 복수라든가 그런 거 말이다."

"물론 아버지의 억울한 죽음은 반드시 밝혀야죠. 그렇지만 아버지를 제가 꼭 따라야 하는지 의문이 들어요. 왜 아버지가 그 일을 숨긴 건지 이해할 수도 없고요."

"그 일이 들통 난다면 많은 사람이 다칠 수도 있었어. 형님뿐만 아니라 형님 가족, 그리고 형님과 내가 속해 있던 곳의 수많은 사람 그리고 그 사람들의 가족들까지 말이야."

"……그렇지만 아버지가 미운 것도 사실이에요. 결국, 그 위험한 일을 하다가 돌아가신 거잖아요? 가족들만 남겨둔 채 말이죠."

이성적으로는 아버지의 복수를 갚고 싶었다. 그래야만 했다. 그렇지만 감성적으로는 아버지가 미웠다. 굳이 그런 위험한 일을 하다가 돌아가신 것에 화가 날 정도였다. 그것 때문에 남겨진 가족들이 고통을 받고 있으니까.

지혁은 한숨을 길게 내쉬었다. 이제는 설득할 방법이 보이질 않았다. 그러나 건형의 마음이 이해 가지 않는 건 아니었다. 당연히 그럴 수 있다고 생각했다. 자신이라고 해도 그렇게 생각할 수 있을 터였다. 어쨌든 집안의 가장이 먼저 떠나 버렸고 그동안 그 빈자리가 무척 컸을 테니 말이다. 여기서 더 부담을 줬다가는 오히려 도움이 되지 않을 공산이 높았다.

"알았다. 여하튼 이건 내 휴대폰 번호다. 연락할 일이 생기면 언제든지 연락해 줘라. 도움이 될 수 있는 일이라면 힘껏 도와주마."

"고마워요. 아저씨."

"아니다. 너는 내게 조카나 다름없다. 성철 형님의 아들이니까 말이야. 부담 갖지 않아도 된다. 그러면 집 근처까지 데려다주마."

건형은 검은색 세단에 올라탔다.

서울 근교에서 종로로 돌아오는 사이 건형은 곰곰이 생각에 잠겼다.

아버지에 대해 모르는 것들이 너무 많았다. 엄마는 그것을 알고 있었을까? 엄마도 몰랐을 가능성이 높았다. 아버지는 가족을 드러내는 걸 싫어했던 것 같았으니까.

어쨌든 아버지가 억울한 죽임을 당한 건 사실이었다.

복수하고 싶었다. 아버지를 그렇게 억울하게 죽게 하고 부패했다고 누명까지 씌우려 했던 사람들에게 제대로 한 방 먹여주고 싶었다.

그렇지만 자신은 아버지 대신 가정을 책임져야 했다. 아직 엄마와 여동생이 남아 있었다. 만약 자신마저 잘못된다면 집안은 송두리째 무너질 게 뻔했다. 여동생도 찾지 못한 상황에서는 더욱더 그럴 수 없었다.

그래서인지 아버지의 빈자리가 평소보다 더 크게 느껴졌다. 아버지가 있었다면, 이란 생각이 들어서 너무 아쉬웠다.

한편으로는 무책임하게 가족을 내버려 둔 채 이상한 일에 휩쓸려 죽은 아버지가 밉기도 했다.

그래서 선뜻 그가 내민 손을 마주 잡을 수 없던 것이기도 했다.

아무래도 오랜 시간 고민에 고민을 거듭해 봐야 할 거 같았다.

그렇게 집 근처에 도착하고 건형이 내리려 할 때였다.

"잠시만."

지혁이 그런 건형을 잠시 멈춰 세웠다.

"무슨 일 있으세요?"

"너 혹시 따로 배우고 있는 운동 같은 거 있냐?"

"아뇨. 그런 건 없는데요."

잠시 생각에 잠겨있던 지혁이 차분한 목소리로 말을 꺼냈다.

"최근 네가 벌인 기행들 잘 봤다. 너에 관한 관심이 늘어나면 늘어날수록 네 주변이 위험해지리란 건 잘 알고 있을 거로 생각한다."

건형이 속으로 고개를 끄덕였다. 그의 말이 맞았다. 주목을 받으면 받을수록 주변에 사람이 늘어난다. 문제는 그들 중 아군이 얼마나 많을지 적이 얼마나 많을지 알 수 없다는 데 있다는 것이다.

"적어도 네 몸 하나는 안전하게 지킬 수 있어야 하지 않겠냐? 아니, 최소한 가족 정도는 보호해야지. 안 그래?"

"그건 그렇긴 한데……."

"나한테 훈련받아라. 성철 형님만큼은 못 해도 나 역시 내 한 몸 지키는 방법은 아니까. 어떻게 할래?"

박력 있는 그 말에 건형이 자신도 모르게 대답했다.

"그렇게 하겠습니다."

"그래, 좋아. 나쁘지 않네. 다음 주부터 내가 머물고 있는 별장으로 찾아와. 알았지?"

"아, 예."

그가 떠나고 건형은 곰곰이 생각에 잠겼다.

과연 자신이 선택을 잘 내린 걸지.

'그런데 저 아저씨 요원 아니었나? 특수요원들이 받는 훈련이면 되게 빡빡할 텐데.'

문득 후회됐다.

괜한 일을 한 게 아닌가 하는 생각이 들었다.

그러나 이미 주사위는 던져 버린 셈이다.

애초에 자기 몸 하나는 보호할 수 있어야 한다고 생각하기도 했고.

차라리 더 맹렬하게 부딪쳐 볼 심산이었다.

까짓것 죽는 일은 없을 테니까.

Chapter. 06

그를 만나고 온 이후에도 일상은 변화가 없었다.

건형은 평소처럼 대학교에 다녔고 주말에는 퀴즈쇼 녹화 방송에 성실히 참여했다.

수요일 날은 그가 출연한 대한민국, 퀴즈에 빠지다! 가 처음으로 방송됐다. 도전자로 참여한 게 아니라 패널로 참여해서 이렇게 방송에 나오게 된 건 이번이 처음이었다.

건형은 긴장되는 얼굴로 집 안에 앉아 텔레비전으로 방송을 보기 시작했다.

어색해하는 자신의 모습이 여실히 느껴졌다. 지현이 출

연하고 자신이 보조해 가면서 문제를 맞혔다. 그렇게 한 시간 정도에 걸쳐 방송된 퀴즈쇼가 끝이 났다.

건형은 한숨을 길게 내쉬었다. 생각보다 나쁘지 않은 거 같았다.

문제는 내일 당장 학교생활을 어떻게 하느냐 하는 점이었다.

텔레비전에 나왔다고 또 이야기가 나올 게 분명했기 때문이다.

한편 지현을 보자 주말에 ANK 엔터테인먼트의 대표를 만나기로 했던 게 새삼 생각났다. 가서 무슨 말이 나올지 또 어떻게 대처해야 할지 그것도 조금 염려됐다.

시간은 없는데 할 일은 많았다.

이럴 때 누군가 시간을 늘려 줬으면 좋겠다는 생각이 들었다.

왜 시험 기간이 되면 다들 그런 생각을 하지 않던가.

하루가 48시간이면 좋겠다, 뭐 이런 생각 말이다.

건형은 쓴웃음을 짓고는 잠자리에 들었다.

\*　　\*　　\*

이튿날 연예계 기사들은 건형이 퀴즈쇼에 패널로 나왔던 걸 집중적으로 다루고 있었다. 아무래도 요즘 들어 가장 화제가 되고 있는 게 건형이었다.

특히 지현과의 열애설 때문에 기삿거리도 충분했다.

더군다나 이번 '대한민국, 퀴즈에 빠지다!'에 같이 출연하기도 했다. 보조 MC와 도전자에서 도전자와 패널의 관계로 바뀌긴 했지만.

건형은 한숨을 내쉬었다.

사실 이럴 거라고 예상한 건 아니었다. 아마 제작진에서도 일이 이렇게 커질 것으로 생각하진 못했을 것이다.

물론 제작진에서는 최고의 시나리오가 완성된 것이나 다름없었다. 방송을 홍보하기엔 최적의 상황이 되었으니까.

이미 기자들은 계속해서 각종 지라시들을 양산하고 있었고 그것은 고스란히 '대한민국, 퀴즈에 빠지다!'의 관심으로 이어지고 있었다.

시청자 게시판에는 건형이 앞으로도 계속 출연하는지, 건형과 지현이 사귀는지, 건형이 미국에서 했다는 그 퀴즈 맞추기도 한국에서 하는지 등등을 물어보고 있었다.

건형은 그런 반응을 보며 쓴웃음을 지었다. 지금 진 PD와 왕 작가가 어떤 표정을 짓고 있을지 눈에 선했다.

건형은 고개를 절레절레 흔들며 상념을 날려 버렸다. 지현과 어떻게 해야 할지는 아직 제대로 감을 잡지 못하고 있었다.

솔직히 말해서 지현에게 호감은 있었다. 처음에야 여동생을 보는 느낌이었지만 이후 생각이 조금씩 바뀌었다. 그리고 고아원에 같이 갔을 때 비로소 지현에 대한 진가를 알게 되었다.

정말 좋은 여자라는 것을.

그러나 둘 사이에는 틈이 있었다. 무엇보다 지현은 아이돌 여가수였으니까. 연애에는 아무래도 포기해야 하는 게 많다. 팬들 사랑을 먹고 사는 게 아이돌인데 공개 연애는 아무래도 어려운 게 사실이다.

요즘 들어 공개 연애가 어느 정도 허용되고 있고 실제로 공개 연애하는 아이돌도 제법 많다고 하지만 그건 어디까지나 어느 정도 인기를 얻은 경우고 실제 막 데뷔하거나 이제 인기를 끌고 있는 아이돌 같은 경우 공개 연애는 사약이나 다름없다.

공개 연애를 한 이후 십중팔구는 삼촌 팬의 지지를 확보하기 어려워지는 게 사실이니까.

더군다나 플뢰르에서 지현이 맡은 역할은 리더에 메인

보컬에 외모에, 그야말로 팔방미인이라고 할 수 있었는데 그녀가 공개 연애해 버린다면 플뢰르에 어마어마한 악영향을 미치게 되는 거나 다름없었다.

그렇다 보니 건형으로서도 신중하게 생각할 수밖에 없었다.

어쨌든 그 일을 해결 짓기에 앞서 건형은 그보다 더 중요한 일이 있다는 걸 상기시켰다.

그것은 여동생에 관한 일이었다.

지난번 여동생의 SNS를 해킹해서 여동생이 자주 돌아다니던 곳을 알아냈었다. 그리고 그곳이 여기서 멀리 떨어지지 않은 곳이라는 것도 확인했다.

남은 건 그곳을 돌아다니다가 여동생을 찾아서 데려오는 것이었다.

오늘은 어떻게 해서든 여동생을 만나 볼 생각이었다. 그리고 될 수 있는 대로 집으로 데려오겠다는 생각을 하고 있었다.

오전 학교 강의가 끝나고 건형은 여동생이 자주 출몰했던 곳으로 향했다.

그곳은 멀리 떨어지지 않은 곳에 있는 한 놀이터였다. 공원 인근에 자리하고 있는 놀이터였는데 도대체 같이 어울려 다니면서 무슨 짓을 하고 다니는 건지 알 수 없었다.

그래도 정신은 어느 정도 제대로 박혀 있을 테니 이상한 짓은 안 했으리라 믿을 뿐이었다.

근처에 도착한 건형은 천천히 주변을 돌아보기 시작했다. 학교 외곽에 있는 동네 놀이터라 그런지 모르겠지만 왕래하는 사람 수가 적었다. 지금 이 시간대면 한창 아이들이 놀 시간인데도 불구하고 말이다.

건형은 근처 슈퍼마켓으로 들어갔다. 껌 하나를 사면서 건형이 주인아주머니한테 물었다.

"저 놀이터 말인데요. 근처에 고등학생 정도로 되어 보이는 애들이 돌아다니지 않던가요?"

"어? 자네가 그걸 어떻게 알아? 한 대여섯 명 정도 돌아다니긴 하던데. 골칫덩어리들이지."

"골칫덩어리요?"

"그래, 허구한 날 몰려다니면서 싸움하고 담배 피우고 술 먹고 그러니까 문제지."

"혹시 그러면 개중에서 이 애 보신 적 있나요? 제 여동생인데 가출한 녀석이라서 찾으러 왔거든요."

그러면서 건형은 함께 찍은 사진을 보여줬다.

사진을 보던 주인집 아주머니가 안경을 고쳐 쓰더니 고개를 끄덕였다.

"어, 맞아. 그래. 이 여자애 본 적 있지. 어떤 남자애하고 잘 어울려 다니더라고. 며칠 전에도 봤지? 여기 자주 들락날락하니까 말이야."

"알려주셔서 감사합니다."

건형은 슈퍼마켓을 나와 주변 공터를 둘러보기 시작했다. 그리고 동시에 뇌가 활성화되면서 오감이 발달했다.

시각, 청각, 촉각, 후각 등 각종 감각이 활성화되면서 건형의 시야가 어마어마하게 넓어졌다.

10m 정도를 내다보던 것이 수십, 수백 미터에 이를 정도로 확장됐다.

건형은 주변을 확인했다. 벌레 소리, 강아지가 짖는 소리 등 모든 소리를 잡아냈고 저 멀리 나무를 타고 움직이는 개미떼들도 보일 정도였다.

초인적인 감각에 적응한 건형은 소리에 집중하기 시작했다. 주변에 들리는 모든 소리를 잡아내고자 애썼다. 그리고 어느 순간 건형의 귓가에 들려오는 소리가 있었다.

처음에는 제대로 잡아내기 어려울 정도로 작은 목소리였다.

그러나 초인적인 건형의 감각이 그 소리를 잡아냈다.

건형은 소리가 들려오는 곳을 향해 발걸음을 옮기기 시작했다.

저벅저벅—

소리를 죽이면서 움직인 건형은 조금씩 소리가 가까워지는 걸 느꼈다.

"그만, 그만해."

"조용히 못 해? 언제까지 그렇게 콧대 높은 척할 건데? 그만하고 이제 우리 진도 좀 더 나가자고."

"싫어, 싫다고."

"설마 너 처음이야? 처음도 아닐 텐데 왜 그렇게 난리야? 이미 다른 남자애들하고 해 봤을 거 아니야."

"나 그런 애 아니라고. 그러니까 꺼지라고. 살려주세요! 사람 살려…… 읍읍."

"뭐? 정말 처음이야? 대박이네. 그럼 더 뺄 수 없지."

아무래도 상황이 영 여의치 않아 보이는 듯했다.

건형은 굳어진 얼굴로 그곳으로 조금 더 가까이 움직였다.

저 멀리 폐건물이 보였다. 소리는 저곳에서 들려오고 있었다.

건형은 주변을 살폈다. 건물 주변에는 아무도 없었다. 들려오는 소리는 있었는데 그것은 건물 뒤에서 들려오는 소리였다.

대부분 시시덕거리는 잡담들이었는데 개중 몇몇 소리가 귀에 들어왔다.

"오늘 쟤하고 하겠지?"

"응. 아, 존나 부럽네. 나도 나중에 한번 해야지."

"미친. 걔가 너하고 할 거 같냐? 나 정도는 되어야지."

"안 되면 강제로 하면 되지. 그나마 얼굴 반반하다고 여태 봐준 거잖아."

아무래도 누군가 겁탈당할 위기에 처해 있는 듯했다.

그러나 이건 가출팸에서는 흔히 있는 일이었다.

건형은 조금 더 걸음을 빠르게 했다. 그리고 그는 신음이 들리는 곳을 향해 가깝게 다가갔다.

저 멀리 한데 엉켜있는 남녀가 보였다.

남자는 웃통을 깐 채 여자를 제압하고 옷을 벗기려 하고 있었다. 여자는 격렬하게 저항하고 있었지만, 점점 더 힘이 빠지는지 좀처럼 움직이지 못하고 있었다.

건형은 슬그머니 뒤쪽까지 다가갔다. 그러는 순간 여자와 눈이 마주쳤다. 건형이 눈을 부릅떴다. 겁탈당할 뻔한 여자는 다름 아닌 아영이었다. 여동생이 낯선 남자한테 깔린 상태였다.

건형이 일그러진 얼굴로 그 남자에게 달려들었다.

남자가 반응하기도 전에 건형이 그대로 주먹을 휘둘렀다. 강화된 근력이 만들어 낸 엄청난 힘이 그대로 상대의 뺨에 맞닿았고 그 순간 거죽이 터지는 듯한 소리가 났다.

수 미터를 나뒹군 녀석은 그대로 정신을 잃고 쓰러졌다. 대충 봐도 입안이 피투성이가 된 게 이빨 몇 개는 족히 나간 듯싶어 보였다.

건형은 그를 뒤로 한 채 아영을 잡아끌었다. 그녀는 입고 있던 옷이 죄다 뜯긴 채 손으로 뜯긴 부위를 가리고 있었다.

건형은 그런 아영을 보며 입술을 깨물었다. 뭐라고 말을 해야 할지 답답했다.

그러나 이렇게 화난 상태로 말해 봤자 욕밖에 나오지 않을 거 같았다.

한참 부르르 떨던 건형은 일단 아영을 데리고 건물을 나왔다. 그리고 입고 있던 가디건을 벗어서 아영에게 입힌 다음 대로로 나와 택시를 잡아탔다.

아영은 아무 말 없이 건형을 뒤따르고 있었고 건형은 속으로 화를 식히고 있었다.

이대로 엄마한테 갈까 하던 건형은 아영의 몰골이 말이 아니라는 생각에 자신의 오피스텔로 먼저 가기로 마음먹었다.

택시기사는 건형과 아영을 백미러로 번갈아 보며 경찰서로 가야 하나 진지하게 고민하고 있었다.

그러나 건형과 아영은 남매답게 어느 정도 얼굴선이라든가 이목구비가 비슷했기 때문에 이내 택시기사는 건형이 말한 곳으로 길을 잡았다.


오피스텔에 도착한 후 건형은 말없이 아영에게 옷을 건넸다.

"일단 씻어. 씻고 나서 이야기하자."

아영은 말없이 화장실로 들어갔다. 그리고 삼십여 분 정도가 지났다.

건형은 말없이 소파에 앉아 텔레비전을 보고 있었다. 아무 말도 하고 싶지 않았다. 머릿속이 엉망진창이 된 것만 같았다.

그런데 화장실에서 계속 흐느끼는 목소리가 들렸다. 아영이 울고 있는 거 같았다.

건형은 지끈거리는 머리를 감싸 쥐었다. 도대체 잘한 게 뭐가 있다고 흐느끼는 건지 괜스레 화가 났다.

한참이 지난 뒤에야 아영이 나왔다. 그녀가 입기엔 조금 큰 와이셔츠와 반바지를 입은 채였다.

아영은 소파 옆 의자에 앉아 말없이 건형을 바라봤다.

한참 뒤 건형이 입을 열었다.

"도대체 어떻게 된 거야? 그 자식은 누구고 왜 그런 꼴이 되었던 거야?"

"……오빠가 알 바 아니잖아."

"뭐? 지금 제정신으로 하는 말이야? 방금 너 겁탈당할 뻔했다고. 무슨 말인지 알아?"

"그래서 뭐 어쩌라고! 오빠가 간섭할 일 아니라고!"

"계속해서 그렇게 나올 거야? 엄마가 너 얼마나 걱정하고 있는지 알아?"

"흥. 언제 그렇게 가족 생각했다고. 그거 순 위선인 거 알고 있어?"

건형이 움찔했다.

아영이 눈을 흘기며 입을 열었다.

"인제 와서 그렇게 오빠인 것처럼 굴지 마. 아빠 돌아가신 뒤 오빠가 어땠는지 다 까먹었어?"

"······."

"그때 그래 놓고서 인제 와서 뭐가 어쨌다고? 나한테 오빠는 없어. 엄마면 몰라도!"

건형이 입술을 깨물었다.

흐릿하게나마 남아 있는 과거가 떠올랐다.

아니, 이제는 흐릿하게 남아 있지 않았다.

그의 뇌는 이미 그가 태어났을 때부터 지금까지 모든 기억을 다 완벽하게 기억하고 있었으니까.


건형은 어렸을 때를 생각했다. 고등학교 시절 아버지가 현장에 출동을 나갔다가 즉사했다.

원인은 교통사고였다.

상대방이 뺑소니를 치고 도망쳐서 범인이 누군지 찾을 수도 없었다. 현장 근처의 CCTV는 하필 망가진 상태였다.

나중에는 아버지를 모함하는 사람도 있었다. 아버지가 음주운전을 하고 혼자 가드레일을 박은 게 아니냐는 이야기도 있었다.

아버지가 돌아가신 뒤 건형은 삶의 의욕을 반쯤 포기했었다. 가장이 되어야 한다는 부담감이 컸고 또 자신이 누군가를 돌봐야 한다는 것이 힘겨워서였다.

결국, 건형은 가장 일을 소홀히 할 수밖에 없었고 그 때문에 여동생이 삐뚤어지기 시작했다.

그럼에도 건형은 아무것도 하지 않았다. 그냥 내버려둬 버렸다.

건형이 그나마 정신을 차린 건 엄마 때문이었다. 아버지가 돌아가시고 실질적으로 집안을 책임진 건 엄마였다.

엄마를 보며 건형은 대학교를 꼭 가야겠다고 생각했고 그나마 우수한 성적을 거둔 덕분에 Y 대학교에 들어갈 수 있었다.

그러는 사이 여동생은 이미 가출하고 삐뚤어질 대로 삐뚤어져 버린 뒤였지만.

"미안하다."

건형은 진심에서 우러나오는 말로 사과를 했다. 이렇게 해야 할 거 같았다.

아영의 눈가에 눈물이 맺혔다. 한참이나 서럽게 울어 대던 아영을 건형이 토닥였다.

아영이 진정되고 나서야 건형이 물었다.

"또 가출할 거야?"

"……응."

건형이 머리를 감싸 쥐었다. 도대체 어떻게 이 녀석을 말릴지 답이 안 섰다.

그때 아영이 입을 열었다.

"아무 생각 없이 가출한 건 아니야. 나름대로 이유가 있었어."

"무슨 이유?"

"중학교에 다닐 때 가장 친하게 지내던 친구가 한 명 있었어. 그런데 걔가 가출했다가 실종됐어. 걔네 부모님은 걔한테 관심이 없어서 내가 경찰서에 찾아가서 알아봐 달라고 했는데 경찰서는 인력이 부족하다고 어쩔 수 없다고 했어."

건형은 전혀 모르던 일이었다.

그는 묵묵히 아영이 하는 이야기를 들었다.

"그래서 친구를 찾으려고 가출한 거야. 내 가장 친한 단짝이었으니까."

"그것 때문에 어쭙잖은 영화 흉내 낸 거란 말이야? 바보야. 말이 되는 소리를 해! 그러다가 오늘 같은 일이 생기면 어쩌려고!"

"그럼 어떻게 해? 누구 하나 알아봐 주는 사람도 없고 아무도 진실을 알려고 하지 않는데! 나라도 나서야 할 거 아니야. 걔는 내 가장 친한 단짝이었단 말이야!"

아영이 또다시 울음을 터트렸다.

그런 아영을 보며 건형은 심장이 쿵 떨어지는 듯한 기분을 느꼈다.

누구 하나 알아봐 주지 않고 아무도 진실을 알려고 하지 않을 때라고 했다.

아버지의 기분은 어땠을까.

아버지도 저렇게 죽어 갔다. 아무도 알아봐 주지 않는 상황에서 외롭게 죽은 것이다. 그리고 은폐된 아버지의 죽음에서 아무도 진실을 알려고 하지 않았다. 아니, 딱 한 명 지혁을 제외하고 말이다.

자신도 진실을 알았지만, 그 뒤 자신은 그것을 무시하려고 했었다.

어째서였을까.

두려워서?

그래, 두려워서 그런 것일지도 몰랐다. 그들 배후에는 어마어마한 자들이 숨겨져 있는 게 틀림없었다. 저항할 수 없는 그런 막강한 세력이.

그런데 아버지는 왜 그런 무리한 일을 한 것일까.

아버지의 말이 떠올랐다. 평소 아버지가 즐기던 말이었다.

'남을 도울 능력이 된다면 도와야 한다.'

요즘 세상에는 그런 사람들이 드물다. 남을 도울 능력이 되어도 돕지 않는다.

가난을 어쩔 수 없는 일이라고 치부한다. 오히려 그들의 잘못으로 여긴다. 태어난 환경 자체가 가난했는데도 불구하고 말이다.

건형은 아영이 얼마나 외로웠을지 새삼 느낄 수 있었다. 든든한 경찰이었던 아버지는 돌아가셨고 어머니는 그런 아이들을 부양하기 위해 하루가 멀다 하고 일을 나가는 상황이었다.

그런 상황에서 아영이 의지할 수 있는 건 자신뿐이었다.

그런데 자신마저 아영에게 등을 돌렸다.

그러니까 결국 직접 나선 것이었다.

건형은 자신에게 주어진 재능을 다시 한 번 생각해 봤다.

자신에게는 어마어마한 능력이 있다. 뇌를 온전히 활용할 수 있는 능력이다. 잠재 능력까지 사용할 수도 있다. 그리고 이 뇌를 단순히 지식을 암기하는 용도로 쓰는 게 아니라 여러 용도로 다채롭게 사용할 수 있다.

그렇다면 자신은 남을 도울 능력이 된다고 이야기할 수 있을까?

충분하다. 아니, 차고도 넘친다.

아버지의 말이 비수처럼 가슴에 꽂히는 거 같았다.

건형이 아영을 바라보며 말했다.

"후. 내가 알아봐 줄게. 누가 그랬는지, 증거는 남았는지, 그 녀석을 잡아들일 수 있는지 다 알아볼게. 그러니까 너는 여기까지만 해. 이제는 가출하지 마. 엄마가 갈수록 허약해지고 있어. 너 걱정 때문에 말이야."

"……오빠가 어떻게 알아봐 준다는 건데?"

"믿어. 한 번만 날 믿어 줘."

"……."

아영은 망설이다가 아무 말도 하지 않았다. 그러나 거절하지 않은 것 자체가 반승낙이었다. 그녀로서도 무척 지쳤을 터였다. 게다가 오늘은 겁탈까지 당할 뻔했었으니까.

건형은 그녀를 데리고 엄마가 계신 곳으로 향했다. 엄마가 사는 빌라는 여기서 멀리 떨어지지 않은 곳에 있었다.

빌라 앞에 도착하자 아영이 의아한 얼굴로 물었다.

"여기는 어디야?"

"어디긴. 우리 집이지."

"뭐?"

건형이 빌라 안으로 발걸음을 옮겼다. 아영이 조심스럽게 그 뒤를 따랐다.

2층으로 올라온 건형이 초인종을 눌렀다. 얼마 지나지 않아 문이 열리고 엄마가 모습을 보였다.

"엄마, 저 왔어요."

"어, 그래. 건형아."

건형은 환하게 웃어 보이며 뒤로 주춤 물러나 있던 아영을 데리고 왔다.

"그리고 이 말괄량이도 데려왔고요."

아영이 눈을 흘기며 말했다.

"누가 말괄량이라는 거야!"

"아, 아영아!"

엄마가 놀란 얼굴로 아영을 끌어안았다. 아영은 엄마를 밀어내는 척하면서 속으로는 싫지 않은 듯 조금 더 품 안에 가깝게 파고들고 있었다.

감격스러운 모녀 상봉이 끝나고 건형은 가족끼리 도란도란 이야기를 나누기 시작했다.

예전보다 지금은 훨씬 더 양호해진 상태였다. 그때는 진짜 절망적이었으니까.

"이제부터 가출 같은 거 하지 마라. 알았냐?"

"약속은 지키는 거지?"

"응, 바로 알아봐 줄게. 걱정하지 마."

건형은 곧장 휴대폰을 들어 전화를 걸었다.

그가 전화를 건 상대는 지혁이었다.

*　　*　　*

지혁은 건형을 어떻게 해야 하지 고심하고 있었다.

신체적인 부분은 모르겠지만, 지능적인 부분으로 볼 때
는 충분히 요원으로의 자질이 있었다. 퀴즈쇼에 나가서 우
승한 것이나 하버드 대학교 학회에 참석한 것이나 여러 가
지 상황을 놓고 볼 때 아주 훌륭했다.

지혁은 그동안 건형이 한 일들을 알고 있었다. 학술 논문
사이트에서 논문을 수정해 준 것이나 바둑 사이트에 가서
기행을 펼쳤다거나.

그러나 정작 본인은 아버지의 역할을 맡는 것을 꺼리는
거 같았다.

이유는 몰랐다.

지혁은 진실을 알려준다면 건형이 아버지의 복수를 할

거라고 생각했었다.

그러나 건형은 쉽사리 결정을 내리지 못했다.

지혁은 왜 건형이 그렇게 쉽게 결정을 내리지 못한 건지 이해할 수는 있었다.

지금 건형은 사실상 가장이었다. 그런 상황에서 건형마저 잘못된다면 가족 전체가 무너질 수도 있었다. 아마 그런 위협을 감수하는 건 쉽지 않은 선택임이 분명했다.

그럴 때 전화가 걸려 왔고 확인해 보니 건형이었다.

지혁은 의아한 얼굴로 일단 전화부터 받았다.

"무슨 일이야?"

[도와주실 수 있으세요?]

'도와 달라고? 갑자기?'

지혁은 호기심이 생겼다. 그러나 그는 그것을 냉정하게 감춘 다음 물었다.

"무슨 일인데? 도와줄 수 있는 일이면 언제든지 도와줘야지."

지혁은 흔쾌히 고개를 끄덕였다. 그동안 성철한테 빚진 것도 있었고 건형을 당분간 도와줄 생각을 하고 있었다. 무슨 일로 전화를 건 것인지 궁금했다.

서울에 있는 범죄 조직의 현황? 아니면 고위직 공무원의 뇌물 수수 혐의?

건형이 입을 열었다.

"D 여중에서 실종 사건이 있었다고 하더라고요. 그것을 조사해 줄 수 있어요? 실종되었던 여자애 이름은 김혜정이 에요."

"뭐라고?"

"김혜정이라는 여자애에 대해서 알아봐 주실 수 있냐고요. 왜 가출했고 어쩌다가 실종됐는지 그리고 아직 살아 있는지요."

지혁은 머리를 긁적였다. 자신이 생각했던 것과는 딴판이었다.

무슨 거창한 걸 물어볼 줄 알았는데 경찰에서나 다룰 법한 일을 알려달라고 하다니.

그러나 약속은 약속이었다.

"알았다. 알아보는 대로 연락 주마."

\*        \*        \*

건형은 아영을 보며 말했다.

"조금 기다려 봐. 아는 분한테 부탁했으니까 알아봐 주실 거야."

"무슨 흥신소 같은 거 하는 분이야? 어떻게 알아봐 준다는 건데?"

"정보 다루는 사람이야. 그러니까 금방 알아낼 거야. 보채지 말고 기다리고 있어. 정보가 들어오는 대로 말해 줄 테니까. 대신 가출하지 말고 학교 다시 다녀. 졸업해야 할 거 아니야."

원래 아영은 대학교에 다닐 나이었다. 올해 스무 살이 되었으니까.

그러나 잦은 결석 때문에 벌써 2년째 유급을 당한 상태였다.

그래서 현재 아영은 고등학교 2학년에 재학 중이었다.

엄마의 소원 중 하나는 건형이 대학교를 졸업하고 반듯한 직장을 구하는 것이었지만 또 하나는 여동생인 아영이 일단 고등학교라도 졸업하고 대학교에 입학하는 것이었다.

"싫어. 학교는 안 나갈 거야."

"그럼 대학교는 어떻게 하려고? 엄마가 너 대학교 보내고 싶어 하는 거 몰라?"

"알아. 검정고시 볼 거야."

"뭐라고?"

"나보다 어린애들하고 학교 어떻게 다니라고? 그럴 바에는 차라리 검정고시 봐서 대학교 가는 게 더 나아."

"성적은 되고?"

"그래도 공부는 빼놓지 않고 했어. 걱정하지 않아도 되거든!"

"알았어. 그렇게 해라."

건형은 한숨을 내쉬었다. 여동생만큼 상대하기 까다로운 존재도 없었다. 여동생하고 말싸움하느니 차라리 프로 복서하고 스파링을 뛰는 게 더 나을 거 같았다.

엄마는 그런 건형과 아영의 모습을 보며 함박웃음을 지어 보였다. 오랜만에 가족이 이렇게 다 같이 모이게 된 거 같아서 기분이 좋았다. 그나마 제대로 된 가정을 다시 꾸리게 된 것 같은 기분에서였다.

"다들 저녁 먹어야지."

"저는 집에 가서……."

"엄마가 같이 먹자고 하잖아. 어딜 가려고 그래? 그 오피스텔 볼 게 뭐 있다고."

"……."

건형은 지끈거리는 머리를 감싸 쥐었다. 왠지 혹을 하나 붙인 기분이었다.

그러나 기분이 나쁘진 않았다. 아버지가 없긴 하지만 그래도 오랜만에 가족이 다 함께 식탁에 앉아 밥을 먹게 되었으니 말이다.

시간은 금방 지나갔다.

아영은 약속대로 더는 가출하지 않았다. 그 대신 그녀는 집안에 틀어박혀 검정고시 공부에 한창이었다.

건형은 일단 지혁에게서 연락이 오길 기다리고 있었다. 경찰들의 일 처리는 미숙했다. 아니면 애초에 관심을 두지 않고 있는 것일지도 몰랐다.

어쨌든 지혁에게 연락이 올 때까지 건형도 자신의 할 일을 했다. 그 폐건물에서 자신이 한 방 시원하게 날린 놈이 어디서 무엇을 하고 있을지는 까맣게 잊어버린 뒤였다.

시간은 흘러 주말이 됐다. 지혁에게서는 아직 연락이 오지 않은 상태였다.

건형은 그가 어련히 알아서 연락을 주겠거니 생각했다.

평소처럼 건형은 '대한민국, 퀴즈에 빠지다!' 녹화방송을 진행했다. 촬영 중에 큰 문제는 일어나지 않았다.

하지만 몇 가지 소소한 문제는 있었다. 예전보다 리포터가 찾아오는 횟수가 늘었다거나 혹은 연예부 기자들이 인터뷰하려고 자주 온다거나.

또, '연예가중계' 라는 유명 프로그램에서 건형에게 인
터뷰가 왔었다. 공중파에서 인터뷰가 온 건 이번이 처음이
었다. 이야기를 들어 보니 퀴즈의 신이 방송되고 난 이후
줄곧 인터뷰를 요청했는데 건형은 소속사도 없고 매니저도
없다 보니 인터뷰를 잡는 거 자체가 상당히 어려웠다고 했
다. 그래서 결국 직접 들이민 것이었다.

건형은 부담 없이 인터뷰를 나눴다. 그렇게 하루를 보내
고 나자 온몸이 파김치가 될 거 같았다. 인터뷰에, 방송 촬
영에, 진 PD의 계속되는 구애까지.

아, 이건 순전히 프로그램 밑밥용이었다. 지난번 이야기
가 나온 건형이 메인 MC가 되어 대국민을 상대로 퀴즈쇼
를 하는 그런 프로그램이었다.

와이드너 도서관에서 한 번 비슷한 일을 경험한 적도 있
고 생방송을 해도 충분히 문제 될 거 같지 않다는 판단에서
였다.

그렇게 파김치가 된 채 건형이 향한 곳은 ANK 엔터테인
먼트가 위치한 강남역 인근이었다.

강남역 인근 N 호텔 3층 레스토랑에서 그곳 대표를 만나
기로 되어 있었다.

"근데 왜 대표가 직접 만나자고 한 걸까."

대표가 직접 나올 만한 사안은 아니었다. 그 아래 직원을 보내도 충분한 일이었다. 어차피 그들이 할 이야기는 정해져 있는 거였으니까.

어쨌든 건형은 택시를 잡아타고 여의도에서 강남으로 향했다. 택시 기사 아저씨가 계속 이것저것 물어보는 터라 조금 난감했지만, 그것은 여유 있게 넘길 수 있었다.

강남역에 도착한 건형은 근처 N 호텔 안으로 발걸음을 옮겼다.

N 호텔에 들어선 건형은 곧장 3층으로 올라갔다. 엘리베이터를 타고 레스토랑에 도착하자 웨이터가 그에게 인사를 건네며 물었다.

"박건형 씨 맞으시죠? 지금 안에서 기다리고 계십니다. 함께 가시죠."

건형은 고개를 끄덕이며 그 뒤를 쫓았다.

이미 안에는 사람들이 꽤 많이 몰려 있었다. 가족 단위로 나온 사람도 많았고 연인 단위로 온 사람도 제법 있어 보였다.

건형은 그들을 보다가 순간 지현과 함께 오면 어떨까 하는 상상을 해 봤다. 생각만으로도 기분이 밝아지는 거 같았다. 확실히 지현은 남들을 기분 좋게 만드는 그런 무언가가 있었다.

웨이터를 따라 들어선 건형은 이윽고 사십 대 초반의 꽤 중후해 보이는 사내를 마주할 수 있었다. 선이 굵고 눈썹이 짙은 단단한 인상으로 누가 봐도 성공한 사업가로 보였다.

그는 ANK 엔터테인먼트의 대표 이종수였다.

"일단 앉으시죠."

건형은 그의 맞은편에 앉았다. 그리고 상대의 표정을 살폈다.

그는 확실히 오랜 시간 연예계에 종사한 사람답게 좀처럼 표정의 변화를 보이지 않고 있었다.

건형이 입가에 미소를 그리며 말했다.

"처음 뵙겠습니다. 박건형이라고 합니다."

"만나서 반갑습니다. 이종수요."

굵은 목소리, 무겁게 느껴지는 압박감.

건형은 침착하게 상대를 바라봤다. 그 모습을 보며 이종수가 입을 열었다.

"제가 왜 건형 씨를 보자고 했는지는 알 겁니다."

"예. 열애설 때문이겠죠."

"단도직입적으로 말하겠습니다. 우리 아이들 미래에 누

가 되지 않게 해 주십시오."

건형이 눈살을 찌푸렸다.

"만나자마자 대뜸 이런 말부터 해서 죄송합니다. 그러나 그 아이들 이제 막 시작했습니다. 시작부터 발목 잡혀서 되겠습니까?"

"제가 발목을 잡고 있다는 말인가요?"

"예. 웬만큼 햇수가 찬 아이돌들도 연애하면 팬들이 우수수 떨어져 나갑니다. 그런데 신인 아이돌이 그렇게 됐다고 생각해 보시죠. 어떻게 될 거 같습니까?"

"……."

"그래서 제가 그렇게 몇 번이고 주의를 시켰는데. 어쨌든 열애설은 이미 터졌고 어쩌겠습니까? 수습이라도 제대로 잘하는 수밖에요."

차분히 이야기를 듣던 건형이 얼굴을 굳히며 대답했다.

"이종수 대표님께서 하는 말은 잘 알아들었습니다. 그러나 개인의 연애까지 간섭한다는 건 말이 안 된다고 생각합니다."

"애초에 그렇게 계약을 맺었습니다. 십 년 계약이죠. 그때까지 지현이는 우리 ANK 엔터테인먼트의 자산이나 다름없습니다."

자산이라는 말에 건형이 인상을 찌푸렸다. 지현을 물건 취급하는 그의 태도가 영 탐탁지 않았다.

"연애 경험도 없고 학교와 연습실만 왔다 갔다 하던 애들입니다. 그냥 단순히 환상에 젖어 있는 거뿐이죠. 아직 현실을 제대로 겪어보지 못한 애들이니까요."

"……그래서 제게 원하시는 게 무엇입니까?"

"지현이하고 다시는 연락하지 말아 주십시오."

"그건 협박입니까?"

"아닙니다. 부탁입니다. 플뢰르의 미래를 위해서라도 그렇게 해 주십시오."

한참 동안 건형은 생각에 잠겼다. 그의 말은 구구절절 옳았다. 특히 사업가로서 그의 주장은 물러섬이 없었다.

자신이 소중하게 가꿔서 만든 하나의 예술품이 제대로 빛도 보지 못하고 부서져 버릴 상황에 부닥친다면 누구라도 저렇게 나올 수밖에 없을 터였다.

고아원에 봉사 활동을 간 것이었기 때문에 나쁜 소문이 돈 건 아니었지만, 연애설은 또 다른 얘기였다.

"지현이는 뭐라고 하던가요?"

"별말 없더군요. 신경 쓰지 않으셔도 됩니다."

"지현이를 직접 만나 보고 난 다음 결정하고 싶습니다."

"그건 조금 어려울 거 같군요. 기자들이 어디에 깔렸을 지 알 수 없는 일이라서요."

한참 동안 생각에 잠겨 있던 건형이 대답했다.

"대표님의 말씀 잘 들었습니다. 앞으로 문제 일으킬 일 없을 겁니다."

"감사합니다. 그러면 맛있게 식사를 즐기십시오. 저는 일이 바빠서 먼저 가 보도록 하겠습니다."

그 말만 하고 이종수는 곧장 레스토랑을 떠났다.

테이블 위에 쌓인 호화 요리들을 내려다보던 건형이 미소를 지었다.

이종수 대표가 잘못 생각한 게 있었다.

만약 지현이하고 사귀게 된다면?

비밀 연애를 했으면 했지 공개 연애할 생각은 없었다.

괜히 입방아에 오르고 싶진 않았다.

그래서 일부러 말을 모호하게 했다.

그렇지만 한번 확인해 봐야 할 게 있었다.

그건 지현의 속마음이 어떤가 하는 것이었다.

고민 끝에 건형이 휴대폰을 집었다. 그리고 어디론가 전화를 걸었다.

전화를 받은 건 민수였다.

[어, 무슨 일이야?]

"형, 술 한잔할 수 있어요?"

[지금 너 어딘데?]

"여기 강남 N 호텔 레스토랑이에요."

[와, 거기는 무슨 일로 갔데? 거기 한 끼에 십몇만 원 하는 거 알고 있냐? 연예인들 자주 가는 곳이잖아.]

"오늘 누구 만날 일이 있었거든요. 그건 됐고 술이나 한잔 마실 수 있어요? 물어볼 게 있어요. 지난번에는 제가 이야기를 들어 줬으니까 이번에는 형이 들어 줘요."

[알았다. 빚진 것도 있으니까 그래야겠네. 언제 보려고?]

"저 지금 자리에서 일어날 건데 곧장 만나요. 어차피 저녁도 안 먹었으니까 저녁도 먹을 겸 해서 보죠."

[그래, 평소 자주 보던 곳으로 갈까? 집도 그쪽이 더 가까울 테고.]

"네, 그렇게 해요."

건형은 테이블 위에 차려진 음식들을 내버려 둔 채 자리에서 일어났다. 여기 차려진 음식들이 하나같이 고급이고 맛있는 건 알지만 영 내키지 않았다. 그건 ANK 엔터테인먼트한테 빚지기 싫다는 그런 치기에서일지도 몰랐다.

저 멀리 민수가 걸어오고 있었다.

건형이 손을 흔들었다.

"형, 여기예요."

"알았어. 누가 너 몰라볼까 봐 그러냐?"

건형은 후드를 깊게 눌러쓰고 있었다. 혹시 누군가 자신을 알아볼까 봐 하는 마음에서였다.

"일단 밥부터 먹으러 가요. 배고파 죽겠어요."

"거기 음식 맛있었을 텐데 왜 안 먹고 왔어?"

"아, 그냥 내키지 않아서요."

"그래? 무슨 일이 있긴 있구나. 일단 가자. 뭐 먹을래?"

"그냥 고기에 술 한잔하죠. 그게 최고죠."

"치맥이나 하려고 했더니…… 쩝. 알았어, 그렇게 하자."

두 사람은 건형의 의견에 맞춰 평소 자주 가던 고깃집으로 향했다. 고깃집 사장님이 눈치 있게 두 사람을 반겨줬고 가장 구석에 있는 빈방으로 안내했다.

삼겹살 세 근과 소주 한 병을 시킨 다음 삼겹살이 구워지는 동안 민수가 물었다.

"자, 한번 이야기 좀 들어보자. 도대체 무슨 일이야?"

"후, 지현이 기억해요?"

"그럼. 당연하지. 근데 지현이는 왜? 아, 혹시 언제 만나게 되면 고아원 일 정말 고마웠다고 한 번 더 전해 줘라. 진짜 애들이 매우 고마워해. 덕분에 내가 영웅 되어서 그런 건 아니고."

"알았어요. 그보다 아까 N 호텔 가서 만난 게 ANK 엔터테인먼트 대표였어요."

"어? ANK엔터테인먼트면 플뢰르 소속사 아니야? 거기 대표는 왜?"

"왜겠어요. 거기 대표가 지현이하고 열애설 난 거 때문에 보고 싶어하더라고요. 그거 관련해서 할 이야기가 있다고요."

"혹시 너한테 협박하든?"

"하하, 그럴 거로 생각했는데 그러진 않더라고요. 그보다는 지현이하고 단호하게 선을 그어 두더라고요. 애들 미래 망칠 생각 있냐면서 말이죠. 졸지에 제가 무슨 천하에서 가장 재수 없는 놈이 된 기분이었어요."

건형은 소주를 한 잔 따라서 마시며 호텔 레스토랑에서 그와 나눴던 이야기를 천천히 풀어놓았다. 이야기가 끝이 나고 민수가 입을 열었다.

"흠, 생각보다 고단수인 양반이네. 결국, 모든 걸 네 탓으로 돌리겠다는 거 아니야?"

"굳이 따진다면 그렇게 되겠죠."

"여하튼 네 생각은 어떤데?"

"지현이하고 사귈 수 있으면 좋죠. 형이 저번에 말했잖아요. 지현이 무조건 붙잡으라고. 누가 모르겠어요? 지현이 좋은 애인 거 말이에요."

건형의 볼이 발갛게 물들었다.

민수가 피식 웃으며 말했다.

"자식, 진작 속내를 이야기할 것이지. 하긴 지현이 실제 보니까 요정이 따로 없긴 하더라. 연예인들은 다 그러냐?"

"글쎄요. 저도 연예인을 자주 본 건 아니라서요. 어쨌든 지현이가 저를 좋아한다면 저도 사귀고 싶죠. 근데 지현이가 어떻게 생각하느냐 그게 관건이죠."

"그러게. 당사자가 관심 없다고 하면 말짱 꽝이니까."

민수가 한숨을 길게 내쉬었다. 잠시 머뭇거리던 그가 담배를 입에 꼬나물었다. 그리고 깊게 연기를 피워 냈다.

"여긴 흡연이 가능해서 다행이네. 안 그랬으면 나가서 피고 왔어야 할 거 아니야."

"형, 담배도 피워요?"

"아, 끊었는데 요새 공무원 시험공부 하느라 스트레스가

장난 아니라서."

"후, 저도 한 대 피고 싶네요."

민수가 손사래를 쳤다.

"아서라. 이게 뭐가 좋은 거라고. 그보다 내가 한마디 할
게."

"네? 뭔데요?"

"그냥 남자답게 질러. 그게 최고야."

"그게 끝이에요? 이 비싼 거 얻어먹고?"

"그래. 가슴으로 생각해 봐. 가슴이 뭐라고 말하는지 들
어보라고."

'가슴으로…….'

심장이 두근두근 뛰기 시작했다. 지현을 생각하니 그 심
장이 더욱더 가쁘게 뛰는 느낌이 들었다.

괜히 마음이 설렜다.

어쩌면 정말 그녀를 좋아하고 있는 것일지도 몰랐다.

"가슴이 시켜서 하는 일도 많잖아. 크, 술맛 좋네. 어쨌
든 지금이 딱 그 일 아닐까?"

민수는 잘 구워진 삼겹살을 안주 삼아 소주를 마시며 입
가에 미소를 그렸다.

"고마워요, 형."

"하나 더. 너 지현이한테 아직 연락 안 했지?"

"네? 지현이한테요?"

"인마, 열애설 터지면 가장 힘들 게 누구겠어? 당연히 지현이 아니야? 지금 며칠째 속으로 끙끙 앓았을 거라고. 그런데 아직도 연락 한 번 안 주냐? 지금이라도 빨리 연락 해 봐. 아직 안 늦었으니까."

"전화해도 괜찮을까요? 소속사에서 저를 상당히 고깝게 생각하던데."

"소속사가 뭐가 중요해. 네가 밀릴 게 뭐 있어? 돈 많이 벌어 뒀겠다, 요새 잘 나가겠다, 웬만한 외국어는 다 할 줄 알고 하버드 대학교에서 주관한 학회에도 참석했잖아. 꿀 릴 거 하나 없어. 자신 있게 밀어붙여. 무슨 말인지 알겠 어? 남자는 자신감, 그거 하나로 먹고사는 거야. 바보 자식 아."

건형은 이제는 망설이지 않기로 했다. 그는 곧장 휴대폰 을 들어 전화를 걸었다.

신호음이 오늘따라 더 길게 느껴졌다. 몇 초 안 지났는데 벌써 몇 분이 지난 것만 같았다.

길고 길었던 신호음이 마침내 끝나고 지현이 전화를 받 았다.

[여보세요?]

"지현아, 나야."

[오, 오빠. 무슨 일이에요?]

"미안해. 바로 전화를 해야 했는데 내 생각만 했나 봐. 별일 없지?"

[네, 괜찮아요. 어차피 지금 비시즌이라서 숙소에서 멤버들하고 같이 쉬고 있거든요. 바깥에 나갈 일이 별로 없어서 아무 문제 없었어요.]

"다행이네. 언제 한번 만날 수 있을까?"

[언제요?]

"마침 내일이 일요일이지? 내일 시간 되면 내일 보자."

[잠시만요. 다행히 내일 스케줄 없네요. 가능하면 몰래 나가 볼게요. 요새 매니저 오빠들이 되게 빡빡하게 굴거든요. 열애설 터진 거 때문에 그러는 거 같아요.]

"그렇구나. 그럼 일요일에 어디서 볼까?"

[제가 오빠 집 쪽으로 갈게요. 그래도 되죠?]

잠시 망설이던 건형이 흔쾌히 대답했다.

"그래, 알았어. 그럼 내일 봐."

약속을 잡고 난 뒤 건형이 민수를 쳐다봤다.

민수가 그런 건형을 한심하다는 얼굴로 바라보며 말했

다.

"내가 떠먹여 줘야겠냐? 내일 만나서 말해. 단도직입적으로 말이야. 나 너 좋아한다. 너는 나에 대해서 어떻게 생각하냐? 그렇게 물어봐야지. 그래서 지현이 좋다면 사귀는 거고 지현이가 아이돌 생활을 더 하고 싶다면 깔끔하게 미련 남기지 말고 접는 거고. 결국, 결정은 지현이가 하는 거야. 너나 그 소속사 대표가 하는 게 아니라고."

"후, 알았어요. 내일 만나서 이야기해 볼게요."

"잘 되면 한턱내는 거 잊지 마라. 그리고 솔직히 요즘 세상에 그런 여자 별로 없다. 웬만하면 잘해서 잡아라. 진짜 괜찮더라. 무엇보다 아이들 좋아하는 거 보면 나쁜 사람 없다고 했어. 너 잠깐 자리 비운 사이 애들 일일이 살펴보고 얼마나 잘 돌봐 줬는지 몰라. 오죽하면 그 까칠하던 수녀님이 칭찬을 다했을 정도였으니까."

건형이 고개를 끄덕였다.

"알았어요, 형. 그렇게 말하지 않아도 꼭 붙잡을 거예요."

"그래, 건투를 빈다."

건형은 주먹을 세게 움켜쥐었다. 어떻게든 내일 결전을 지어야만 했다. 그게 최선의 판단이 될 터였다.

그렇게 생각하니 오늘 민수를 만난 게 정말 다행이라는 생각이 되었다.

민수를 만나지 않았더라면 앞으로도 계속 멍청하게 고민만 했을 테니 말이다.

결전은 내일이었다.

건형은 결심을 단단히 했다.

내일 어떻게든 종지부를 찍을 생각이었다.

Chapter. 07

아침 일찍 일어난 건형은 옷매무새를 꼼꼼히 확인했다. 혹시 단추를 잘못 낀 건 아닌지, 너무 나이 들어 보이지 않는지 꼼꼼히 따진 다음 마음의 준비를 했다.

오늘 지현을 만나서 이야기할 생각이었다. 호감이 있고 잘해 보고 싶다고.

지현이 거절하면 거기서 끝, 친한 오빠와 여동생 사이로 남으면 된다. 물론 그게 쉽진 않겠지만.

지현이 수락한다면?

어떻게든 이 역경을 헤쳐나갈 것이다. 소속사에서 방해한다고 하면 그 소속사를 헤집어 놓는 한이 있더라도 지현을 빼앗을 생각이었다.

건형은 차분히 마음을 진정시켰다. 아직 시간은 세 시간 가량 남아 있었다.

오전 열 시쯤 집 근처에서 보기로 했으니 말이다.

'너무 빨리 준비했네.'

그만큼 긴장되는 상황이었다. 설레발이라고 해도 좋았다. 오랜만에 느껴보는 이 풋풋한 감정에 몸을 맡기고 싶었다.

어쨌든 그건 그것이고 시간이 세 시간이나 남아 있는 것도 현실이었다.

그 남아도는 시간 동안 건형은 지난번 고아원의 비밀방에서 찾아냈던 서류뭉치들을 복기하는 시간을 가져 보기로 했다.

그때, 서류뭉치들을 대충 훑어보긴 했지만 완벽하게 파악한 건 아니었다.

서류뭉치는 그 집안에 놔뒀지만, 내용은 하나도 빠짐없이 기억나고 있었다.

지금 건형이 하려는 건 그 서류뭉치들을 머릿속에서 재해석해서 자신의 것으로 만드는 작업이었다.

그렇게 서류뭉치들을 재해석하고 조합하고 다시 확인하면서 건형은 몰랐던 사실들을 꽤 많이 알 수 있었다.

5년 전의 자료라서 지금 상황과 맞지 않는 것도 다소 있었다.

그렇지만 누가 봐도 이건 숨기고 싶어 할 만큼 중요한 기밀자료들이었다. 만약 자신이 이 중 일부라도 세상에 퍼트리게 된다면 난리가 날 정도로 대단한 것들이었으니까.

건형은 머릿속으로 그 지식을 완벽히 이해해 둔 다음 노트북을 확인해 봤다.

그때, 지혁과 대화를 한 이후 노트북은 건들지 않았었다. 시간 관계상 워낙 바빴던 탓에 건드릴 여유 자체가 없었기 때문이다.

노트북 용량부터 확인해 봤다. 사용되고 있는 용량은 OS를 제외하면 대략 1기가바이트 남짓?

영화 1편 정도의 분량뿐이었다.

특별한 게 있나, 확인해 봤지만 별다른 건 없었다.

1기가바이트가 어디에 숨겨진 건지 확인하던 건형은 내 문서 폴더 안으로 들어가 봤다. 그리고 그곳에서 건형은 뜻밖의 파일을 발견할 수 있었다.

그것은 가족사진이었다.

아버지가 건형, 아영 그리고 엄마를 찍어준 가족사진.

사진은 많았다. 그리고 동영상도 있었다.

그러나 아버지는 사진이나 영상에서 좀처럼 볼 수 없었다. 항상 찍어 주는 역할만 하다 보니 정작 사진이나 영상에는 나오지 않는 것이었다.

건형이 수만 장이 넘는 사진 중에서 아버지를 본 사진은 몇 장 되지 않았다.

'아버지⋯⋯.'

건형은 왜 노트북에 가족사진만 남아 있는 건지 대략적으로나마 추측해볼 수 있었다. 아마 아버지는 자신이 위험에 빠졌다는 걸 인지했을 것이다.

그래서 정보를 전부 다 폐기하려 했을 것이다. 혹시 모를 상황을 대비해서.

그렇다 보니 노트북 안에 있는 내용을 전부 다 없앴을 텐데 차마 가족사진만큼은 못 없앤 거 같아 보였다.

사진을 토대로 가족에게까지 피해가 끼칠 여지가 있다는 걸 잘 아셨을 텐데도 못 지운 걸 보면 얼마나 가족이 그리워지고 보고 싶었을지 짐작도 안 갔다. 어둠 속에서 움직였어도 아버지의 마음은 늘 가족 곁에 있었던 것이다.

물론 자신의 추론이 확실하지 않은 것일 수도 있지만, 건형의 생각은 그러했다. 아버지라면 당연히 그럴 수 있는 사람이었다.

'가족에 대한 정은 분명 약점이 될 수 있어. 하지만 가족마저 버리고 나면 하는 일에 무슨 의미가 있을까?'

그렇게 가족사진을 전부 다 확인한 뒤 동영상을 틀었다.

동영상이 재생되기 시작했다. 그런데 놀랍게도 화면에 앉아 있는 건 다름 아닌 아버지였다.

'아버지?'

[아마 네가 이 메시지를 읽고 있을 때쯤이면 나는 이 세상에 없을 것이다. 아버지는 평생 경찰로 사는 걸 숙명으로 생각했다. 그러나 그것 말고도 내가 해야 할 일이 하나 더 있었다. 바른길을 걸어가는 것, 그게 바로 내가 생각한 나의 숙명이었다.]

'바른길을 걸어가는 것이라고요? 그래서 가족들이 그렇게 고통 받게 하신 거였어요?'

건형이 울분에 잠겨 있을 때 계속해서 동영상이 흘러나왔다.

[물론 너는 남겨진 가족들을 생각하지 않느냐고 물어보겠지. 지금 이 순간에도 나는 그 누구보다 내 가족들을 더 사랑한단다. 그리고 그 가족을 내 목숨보다 더 사랑하고. 그럼

에도 이 위험천만한 일을 하기로 한 건 미래를 위해서였다. 더 나은 미래를 넘겨 줘야 하는 게 어른의 몫이라고 생각해서다. 분명히 너는 나를 원망하고 있을 것이다. 그러나 나는 한 점의 후회도 없다. 다만 내가 죽고 난 다음 뿔뿔이 흩어질, 그래서 내가 꿈꾼 미래가 산산조각 부서지는 게 안타까울 뿐이다.]

아버지의 목소리에는 진한 아쉬움이 남아 있었다.

자신이 그동안 가꿔 온 이 터전이 무너진다는 것이 서글픈 것 같았다.

그것을 건형은 가슴 깊이 느낄 수가 있었다.

[나는 네가 어릴 때부터 특별한 아이가 될 거로 생각했단다. 왜 어렸을 때 말을 안 했냐고 묻는다면 네 마음에서 우러나와서 진정으로 행동하길 원했다. 내가 강제로 시키는 게 아니란 말이다. 나는 언제나 네 뜻을 존중하마. 네가 현명한 결정을 내려 주길 바란다.]

그와 함께 영상이 끝이 났다.

건형은 입술을 깨물었다.

새삼스럽게 아버지가 보고 싶었다. 그리고 아버지한테 이야기하고 싶었다.

사랑한다고.

그렇게 동영상을 보는 사이 어느덧 지현이 찾아올 시간이
되었다.

건형은 전화를 걸었다. 신호음이 얼마 가지 않아 지현이
전화를 받았다.

[어, 오빠. 지금 가고 있어요.]

"그래? 알았어. 집 앞에 나와 있을게."

[아니에요. 그냥 제가 찾아갈게요. 혹시 주변에 누가 알
아보기라도 하면 큰일 날 수 있잖아요.]

"알았어."

지난번에는 같이 집에 들어온 거라서 크게 긴장되는 건
없었다. 그런데 이번에는 지현이 직접 집으로 찾아온다고
했다. 그러니까 왠지 모르게 더 긴장하고 있었다.

건형은 집안을 둘러봤다. 청소는 진작 다 해 둔 상태였
다. 깔끔하기 이를 데 없었다. 털어도 먼지 한 톨 안 나올 정
도였다.

그렇게 청결 상태를 확인하고 어지럽혀진 건 없는지 확인
할 때였다.

딩동——

초인종이 울렸다.

심장이 두근거리며 온몸이 붉게 달아올랐다.

뇌로도 조절하지 못할 만큼 고동이 거세졌다.

문밖에서도 들릴 만큼 커다란 소리였다.

아직 도착하기엔 조금 시간이 남았을 텐데 벌써 왔다는 게 약간 의아했지만 그럴 수 있다는 생각에 조심스럽게 현관문을 열었다.

그러자 사십 대 아줌마가 환하게 웃으며 말했다.

"젊은이, 교회 다니세요. 예수님 믿어야 천국 가요."

그러면서 팸플릿 하나를 건넸다. 집에서 멀리 떨어지지 않은 곳에 있는 한 교회 홍보 책자였다.

"죄송합니다."

건형은 곧장 문을 닫았다. 한숨이 절로 나왔다. 기대하고 있었는데 웬 똥을 밟은 느낌이었다.

그렇게 설레는 마음이 확 가라앉았을 때 다시 초인종이 울렸다.

건형이 문을 발칵 열며 소리쳤다.

"아, 됐다니까……."

"오빠. 저예요."

이번에 초인종을 누른 건 지현이었다.

건형이 머리를 긁적였다. 타이밍이 묘하게 꼬여 버렸다.

그는 어색하게 웃으며 손에 들려 있는 팸플릿을 보였다.

"이상한 아줌마가 왔다 갔었거든."

"그럴 거 같았어요. 조금 전 올라오면서 마주쳤거든요."

"그, 그래. 일단 안으로 들어와."

지현이 방 안으로 들어왔다. 그런데 영 어색했다.

지현은 거실에 있는 소파에 앉았다. 건형은 어떻게 해야 하나 고민하다가 지현을 보며 물었다.

"뭐 좀 마실래?"

"음, 물이면 돼요."

"알았어. 잠시만."

물 잔을 가져다주고 나자 또 할 말이 없어졌다.

결국, 먼저 용기를 낸 건 지현이었다.

"오빠, 저한테 할 말 있다고 하신 거 아니었어요? 무슨 일이에요? 열애설 때문에 그러는 거예요?"

"그게."

건형이 말끝을 흐렸다.

그 모습에 지현이 조심스럽게 말했다.

"죄송해요. 조심하지 않은 제 잘못이에요. 소속사에서 알아서 해결한다고 했으니까 걱정하지 않으셔도 돼요."

"그거면 되는 거야?"

"네? 그러면요?"

"소속사가 그렇게 정해 준 대로 하면 다 끝나는 일인지 물어보는 거야."

"별수 없잖아요. 저는 아이돌이고 또, 열애설이 터지면 안 된다고 배웠거든요."

"그런 게 어딨어. 연예인이라고 연애 못하는 건 아니잖아. 더군다나 요즘은 다 공개 연애하고 있는데 갓 데뷔한 아이돌이라고 연애 못 하게 막는 게 어딨어. 안 그래?"

"그래도…… 오빠, 그게 무슨 뜻이에요?"

건형은 민수한테 들었던 조언을 떠올렸다.


'단도직입적으로 말해. 그냥 밀어붙이란 말이야. 때론 돌직구를 던지는 게 훨씬 더 잘 통할 때가 있다고. 무슨 말인지 알겠어? 그리고 지현이도 너한테 호감이 있는 거 같더라. 나한테 너에 대해 꼬치꼬치 캐 묻더라니까.'


민수 말대로라면 고백할 경우 성공 확률이 꽤 높다는 의미였다.

'형, 믿어요. 만약 실패하면 같이 한강 가는 거예요.'

건형은 마음을 굳게 다잡은 다음 지현에게 말했다.

"내가 널 좋아한다고. 그 열애설 거짓말이 아니라고. 누가 낸 건지 모르겠지만 나는 오히려 고맙게 생각하고 있어."

"오빠……."

지현이 짐짓 당황스러운 얼굴로 건형을 쳐다봤다.

갑자기 이렇게 고백받을 거라고는 생각하지 못했었다.

그렇지만 기분이 나쁜 건 아니었다.

지현이 건형을 바라봤다.

객관적으로 봐도 건형은 충분히 매력적인 남자다.

외모도 수려하고 능력도 차고 넘칠 정도로 있다. 아빠가 이 이야기를 듣게 되면 어떻게 나올지는 모르겠지만 그렇다고 눈에 안 찰 정도는 아닐 것이다.

게다가 방송계에서 흘러나오는 뜬소문에 의하면 '대한민국, 퀴즈에 빠지다!' 제작진에서 건형을 메인으로 한 퀴즈쇼를 구상 중이라고 했다.

그게 성사된다면 건형은 자신의 이름을 간판으로 내세운 프로그램을 갖게 되는 셈이었다.

웬만한 특급 연예인도 하기 쉽지 않은 일이다.

그뿐만 아니라 요새 주가가 폭등한 게 건형이었다.

설령 방송계 일을 하지 않더라도 건형이 가진 능력이라면 뭘 해도 성공할 가능성이 컸다.

그렇게 객관적인 면을 제외하고 본다고 하더라도 건형은 충분히 매력적인 남자였다.

그래서 처음 그를 봤을 때부터 끌렸던 것이기도 했다.

"괜찮을까요?"

그래도 걱정이 앞서는 건 어쩔 수 없는 일이다.

지현은 아이돌이다. 그리고 그 그룹의 리더다. 자신뿐만 아니라 자신을 믿고 따르는 그룹 내 동생들도 생각해야 했다.

무엇보다 소속사가 가장 신경 쓰이는 문제였다.

지현이 건형을 쳐다보며 물었다.

"오빠, 소속사는 어떻게 하시게요?"

"일단 이종수 대표는 만났어. 그 사람은 내가 널 만나는 걸 거리긴 했지만 말이야."

"어떻게 하시려고요?"

"내가 능력을 갖출 때까지만 우리 몰래 사귀자. 들키지만 않으면 되니까. 그리고 내가 능력을 갖추게 되면 그때 공개하자. 아무 거리낌 없어질 테니까."

"어떤 능력을 말씀하시는 거예요?"

"세상에 떳떳하게 드러낼 수 있는 그런 능력. 그렇게 하려고 나는 힘을 최대한 키울 거야. 당당해질 수 있도록."

당찬 건형의 포부에 한참 동안 망설이던 지현이 조심스럽게 입을 열었다.

"믿을게요, 오빠."

건형은 그 말에 지현을 가볍게 자신 쪽으로 당겨서 끌어안았다.

서로의 체온이 가깝게 맞닿았다.


건형은 그녀를 숙소로 돌려보냈다.

지현과 사귀게 되자 마치 세상을 다 얻은 것만 같았다. 진작 이랬을 걸이라는 생각이 들 정도였다.

숙소로 그녀를 돌려보내고 건형은 방송국으로 향했다.

오늘 진 PD하고 왕 작가를 만나기로 되어 있었다.

건형은 평소 자주 찾던 공개홀이 아니라 방송국으로 향했다. 프런트에는 그를 앙숙으로 여기다시피 하는 막내 작가 이유정이 나와 있었다.

"안녕하세요."

"흥, 빨리 올라가요. PD님하고 선배님이 기다리고 계시다고요."

"여전히 저를 싫어하시네요."

"그럼요. 사람들이 모르는 거죠. 그때 당신이 한 말을 듣는다면 누구라도 평가가 뒤바뀔걸요?"

그날을 생각해 봤다.

그러고 보니 그땐 능력을 제대로 제어하지 못했고 그래서 퀴즈쇼에 참가했을 때에는 이미 과부하가 된 상태였다.

그래서 평소보다 조금 더 과격해지고 자신감이 지나치게 넘치는 상태가 되었었다. 아마 그렇다 보니 그녀한테 그런 식으로 이야기한 게 아닌가 싶었다.

그렇다고 해서 딱히 해명 같은 걸 하고 싶진 않았다. 어차피 해명한다고 해서 알아들을 거 같지도 않았고.

"올라가죠."

교양국은 6층에 자리하고 있었다. 여러 부스를 지나쳐 '대한민국, 퀴즈에 빠지다!' 부스 안으로 들어갔다. 사람들이 제법 모여 있었다.

진명제 PD하고 왕작가 김민지를 비롯한 다수 작가가 자리하고 있었다.

"어서 오십시오. 오래 기다렸습니다."

"제가 약간 늦었나요? 사정이 생겨서 늦게 되었네요."

"아닙니다. 일단 자리에 앉으시죠."

건형이 진 PD 맞은편에 앉았다.

그때, 건형을 유심히 보던 김 작가가 입을 열었다.

"건형 씨 얼굴에 화색이 도네요. 좋은 일 있으신가 봐요?"

"네?"

"얼굴에 꽃이 핀 거 같다고요. 연애하시는 거예요? 이전에 봤을 때하고는 사뭇 다른데요?"

건형이 붉어진 얼굴로 손사래를 쳤다.

"그럴 리가요. 그런 일 없어요."

"흐음, 당황하는 거 보니까 무언가 수상쩍은데요."

"그만. 사적으로 만난 자리가 아니니까. 그건 나중에 따로 이야기하든가 하고. 오늘 제가 건형 씨를 만나자고 한 건 아마 짐작하고 계시겠지만 새로 구상 중인 프로그램 때문입니다."

"일단 이야기부터 들어보겠습니다."

진명제 PD가 차분하게 이야기를 하기 시작했다.

"기본적인 구성은 지금 프로그램하고 같습니다. 그러나 주요 테마가 되는 건 건형 씨라는 점에서 약간 다른 거고요. 저번에 와이드너 도서관에서 하셨던 거 있지 않습니까? 아마 그런 식으로 구도를 잡을 거 같습니다."

"시청자를 초대해서 직접 질문을 받게 되는 건가요?"

"다각도로 생각중인데 일단 첫 번째는 시청자를 직접 초대할 생각이고요. 개중에는 연예인도 포함될 겁니다. 그리고 전화 통화나 인터넷으로도 질문을 받아 볼 생각입니다. 물론 일단 저희 측에서 적절하게 문제를 가려낼 거고요. 정말 말도 안 되는 그런 문제는 안 나오게 할 생각이니까요."

"흠, 시청률이 잘 나올까요?"

"충분히 잘 나올 거라고 생각합니다. 사실 위쪽에서는 성공할 수 있을지 여부에 대해서 대단히 미온적이었습니다. 그러나 와이드너 도서관에서 있던 일을 이야기했더니 다들 격하게 반기더군요."

"그런가요? 흠, 걱정이네요. 괜히 제가 방송 하나 말아먹는 게 아닌가 싶어서요."

"걱정하지 않으셔도 됩니다. 어차피 책임은 전적으로 제가 집니다. 건형 씨는 그냥 능력껏 방송해 주시면 됩니다."

건형이 그 말에 속으로 쓴웃음을 지었다.

말이야 저렇게 하지만 사실상 방송을 말아먹게 되면 결국 자신도 책임을 지게 될 수밖에 없다.

그건 당연한 것이다.

뭐, 그렇다고 해서 그가 피해를 보는 건 극히 적겠지만.

어차피 건형은 이 바닥에 발을 들여놓을 생각을 하고 있지 않았다. 가뜩이나 할 일도 많은데 발목 잡히는 것도 싫었고.

무엇보다 그는 지금 지식이 주는 그 놀라운 감동에 젖어 있는 상태였다. 모르는 것을 알아갈 때의 즐거움, 학창시절에도 몇 번 그랬지만 이건 차원이 달랐다.

지식을 배울수록 세상을 알아가고 있었고 그것은 고스란히 그의 뇌에 어마어마한 자극을 주고 있었다.

"그래도 한번 해 보도록 하죠. 저한테는 좋은 경험이 될 테니까요. 그러면 진 PD님하고 김 작가님만 믿겠습니다."

"최고로 만들 겁니다. 아마 나중에는 세계 곳곳에서 건형 씨를 찾아오게 될지도 모릅니다."

"그렇게 말씀하시니 조금 부담이 되네요. 그러면 언제 촬영하실 생각이시죠?"

"빠르면 다음 주쯤으로 잡고 있습니다. 일단 특별출연자부터 섭외해야 해서요. 명단에 올린 사람은 몇 명 있긴 한데 출연하려 할지 의문이라서요."

게스트도 출연진 못지않게 중요하다. 어떤 게스트가 출연하느냐에 따라서 그 방송을 보는 시청자를 휘어잡을 수 있느냐 없느냐가 결정되기 때문이다.

그래서 요즘 게스트 몸값이, 특히 톱스타일수록 몸값이 천정부지라고 하지 않던가.

"그건 전적으로 진 PD님한테 위임하도록 하겠습니다."

그 이외에도 몇 가지 세부적인 이야기가 오갔다.

그러면서 시간이 훌쩍 지나가기 시작했다.

점심 먹을 시간이 한참 지나고도 그들의 열의는 뜨거웠다.

어느 정도 세부적으로 이야기가 끝이 난 뒤에야 회의가 마무리됐다.

"이거 한창 이야기를 나누다 보니 늦어졌네요. 같이 점심이나 먹고 가시죠."

"그래도 될까요?"

"물론이죠. 다들 환영할 겁니다."

"설마 점심 먹으러 가서도 회의하는 건 아니겠죠? 그러면 그냥 혼자 먹으러 가고요."

"그런 걱정 안 하셔도 됩니다. 그럴 리가요."

건형이 멋쩍은 얼굴로 고개를 끄덕였다.

그러나 점심을 먹으러 가서도 회의는 계속됐다.

건형은 죽을상으로 점심을 먹으면서 회의를 할 수밖에 없었다.

회의가 끝나고 건형은 택시를 타고 어디론가 향하고 있었다.

그가 향하고 있는 곳은 서울 외곽에 자리한 한 별장이었다. 지혁이 그를 불렀기 때문이었다.

택시에서 내린 뒤 별장에 들어선 건형은 지혁을 만날 수 있었다. 지혁은 별장에서 오랜 시간 머무른 듯 턱밑이 까무잡잡했다.

수북이 자란 턱수염을 보며 건형이 물었다.

"계속 여기에서 머무르고 계셨던 거예요?"

"그런 셈이지. 네가 알아봐 달라고 한 거 찾아볼 겸 이래저래 바빴다."

"어떻게, 알아보셨나요?"

"그 정도는 어려운 일이 아니다. 오히려 쉬운 일이라고 봐야지. 솔직히 말해서 그때 네가 부탁이 있다고 했을 때 긴장했었다. 그런데 그런 부탁을 하길래 조금 허탈할 정도였으니까."

"여동생이 꼭 알아봐 달라고 했었거든요. 그래야 다시는 가출을 안 한다고 하더라고요. 어떻게 됐죠?"

"네 여동생도 형님 닮아서 정말 말괄량이구나. 그래, 알아보니까 웬 정신병자 같은 녀석이 나오더구나. 이 녀석인데 전과가 화려해. 벌써 전과 4범이더라고. 그 혜정이라는 아이는 그놈에게 성폭행을 당한 이후로는 알려진 게 없더구나. 아무래도 그놈 패거리에서 나와서 이곳저곳을 떠돌아다니는 거 같다. 이것도 한 번 알아봐 주마."

"혹시…… 그놈."

이야기를 듣던 도중 경찰서에 갔을 때 들었던 이야기가 하나 떠올랐다.

폭력 행위 등 처벌에 관한 법률 위반, 상해죄, 도로교통법 위반(무면허운전), 공무 집행 방해죄 등 전과 4범이 한 놈 있었다.

"아는 놈이냐?"

지혁이 사진을 보여줬고 건형이 그것을 확인해 봤다.

그런데 남자 인상이 어딘가 낯이 익었다. 그가 순식간에 기억해냈다.

트리거 포인트를 통해서 남자의 얼굴을 단숨에 파악해낸 것이었다.

여동생을 찾으러 갔을 때, 허름한 폐건물에서 여동생을 겁탈하려던 놈.

그놈이 분명했다.

"숨긴 범죄가 더 잦을 수도 있겠는데요?"

"무슨 일 있었어?"

"여동생이 겁탈당할 뻔했거든요."

"뭐라고? 그게 정말이냐?"

"네, 제가 간신히 구해내긴 했지만요. 위험했어요. 완전 쓰레기나 다름없네요. 감방에 처넣으면 어떻게 되죠?"

"문제는 이 녀석이 아직 열여덟밖에 안 되었다는 거야. 미성년자라서 감옥에 보내 봤자 몇 년 안 살고 나올 가능성이 크지."

"그러면 어떻게 하는 게 좋죠?"

건형이 그에게 조언을 구했다. 지식을 풍부하게 쌓았다고 하지만 실전에서는 약할 수밖에 없었다. 그리고 이런 쪽에는 지혁에게 조언을 구하는 게 가장 적절했다.

건형 말을 듣던 지혁이 잠시 생각을 하는가 싶더니 나지막한 목소리로 물었다.

"여기까지는 내 몫. 그 이후는 이제 네 몫이다."

"네? 그게 무슨 말씀이세요?"

"이 바닥에는 규정이 있어. 법대로 하는 거 하고 법대로 하지 않는 거."

"법대로 하면 어떻게 되죠?"

"간단해. 너는 고소하고 그 녀석은 형을 살게 되겠지. 아까 말했지만, 미성년자라서 몇 년 안 살고 나올 가능성이 더 크겠지만. 게다가 그 배경이 좋다면 가석방으로 더 빨리 풀릴 수도 있을 테고."

건형이 인상을 찡그렸다.

"법대로 하지 않는다면요?"

"그럼 네가 원하는 건 무엇이든 할 수 있지. 심지어 그 녀석을 죽여도 되지. 그게 너무 심하다면 그 녀석 힘줄을 끊어놓을 수도 있고."

"그건 너무 잔인한 짓 아닌가요?"

"아니면 분이 풀릴 때까지 두들겨 패도 되겠지. 만약 네 여동생이 실제로 강간당했다고 가정해 봐. 그래서 그것을 못 견디고 자살했다고 치자. 그러면 넌 어떻게 하고 싶지?"

건형이 그런 상황을 가정해 봤다.

피가 끓어오르고 분노가 치밀어 올랐다.

누구라도 견딜 수 없을 것이다.

"당연히 쳐 죽이고 싶겠죠."

"그래, 누구나 그래. 그러나 그럴 수가 없지. 법이라는 게 있으니까. 만약 자기 하고 싶은 대로 한다면 법이라는 건 애초에 존재할 필요가 없어지거든."

"그렇겠죠."

"그 대신 그놈은 법대로 한다면 결국 기껏해야 몇 년 정도 감방에서 살다가 나오는 거지. 그리고 또 그런 범죄를 저지르게 될 수도 있을 테고."

"그건 원하지 않아요."

"심지어는 보복할 수도 있지. 요새 그런 보복 범죄가 빈번하게 일어나고 있거든. 그래서 네 몫이라고 한 거야. 여긴 내가 결정해 줄 수 없는 부분이니까."

"……."

갈등이 생겼다.

법대로 해결하는 게 가장 일반적인 방법이다.

그러나 그 녀석이 감방에서 형을 살고 나온 다음에 홧김에 여동생한테 보복이라도 한다면? 그리고 자신이 그것을 막을 수 없는 상황에 부닥쳐 있었다면?

분명 후회하게 될 것이다.

그렇지만 법대로 해결하지 않는다는 건 무법자의 삶이나 다름없다. 어떻게 해야 할까? 무엇이 옳고 무엇이 그른 것인가.

그것은 전적으로 건형의 가치관에 의해 판단할 문제였다.

그래서 지혁이 자신이 결정할 몫이 아니라고 이야기한 것이기도 하다.

　"조금 더 생각해 봐도 될까요? 아영이한테도 물어봐야할 거 같고요."

　"그래, 언제든지 그렇게 해도 좋아. 아, 한 가지 더 생각해 둘 게 있어."

　"그게 뭐죠?"

　"네가 미적거리게 될수록 또 다른 피해자가 생겨날 수도있다는 거. 그것도 명심해 둬야겠지. 나라면 그 녀석을 가만히 두진 않았을 거야. 죽기 직전까지 두들겨 팬 다음에 땅속에 파묻었을 거야. 아영이는 내게 조카나 다름없는 아이니까."

　"……."

　건형은 한숨을 길게 내쉬었다.


　지혁과 헤어지고 집으로 돌아오는 길에 건형은 계속 생각을 정리했다. 어떻게 하는 게 옳은 것인지 계속해서 갈등에휩싸여 있었다.

　오피스텔로 돌아갈까 생각하던 건형은 본가로 향했다. 아영이는 별말 없이 집에 가만히 있었다. 검정고시를 본다고 하더니 책도 몇 권 사 온 모양이었다.

한참 고민하던 건형이 아영을 불렀다.

"우리 잠깐 이야기 좀 할 수 있을까?"

"아, 응."

눈치 빠른 아영이 고개를 끄덕였다.

빈방에 들어온 뒤 건형이 아영에게 자초지종을 이야기했다.

그날 폐건물에서 너를 강간할 뻔했던 그 남자애가 혜정이라는 아이를 성폭행했다. 그 이후 혜정이 어디에 갔는지는 아직 알지 못한다.

진실이 밝혀졌다.

그 말을 들은 아영이 입술을 깨물었다. 그녀도 어느 정도 예상은 하고 있던 일이었다.

건형은 지금 그녀가 어떤 기분일지 상상조차 할 수 없었다.

"그래서 그분이 물어봤어. 어떻게 하고 싶냐고."

"그분은 누구야? 경찰?"

"아, 아버지 옛 동료분이야. 같이 일했다고 하더라고. 정보 쪽 담당이었다고 하니 이쪽은 잘 알고 계시는 거겠지. 여하튼 어떻게 하고 싶어?"

"어떻게 하냐니? 당장…… 법대로 하면."

아영이 입술을 깨물었다.

법대로 해봤자 크게 도움이 되지 않는다는 걸 그녀도 알아차린 것이다.

어차피 법으로 처벌해 봤자 그는 미성년자이기 때문에 중형을 선고받는 건 어려운 일이다. 기껏해야 몇 년 정도 살다가 나올 게 뻔하다.

"오빠는 어떻게 하는 게 맞다고 생각해?"

"그분 부모님께 일단 알려야 하지 않을까?"

"혜정이 부모님께 말해 봤자 크게 신경도 안 쓸 거야. 오히려 귀찮은 짐 덜었다고 생각할지도 몰라. 혜정이한테 듣기로는 맨날 때리고 돈 벌어 오라고 시키고 그랬다고 들었거든."

"후."

그래도 혜정 부모님한테는 사실을 이야기해야만 했다. 딸아이가 가출한 것으로만 알고 있을 텐데 진실을 알려야만 했다.

"알았어. 내가 전화해 볼게."

아영이 고개를 끄덕였다. 그러고는 전화를 걸었다.

얼마 지나지 않아 혜정 어머니가 전화를 받은 듯했다.

아영은 처음에는 사근사근한 목소리로 대화하다가 혜정이 성폭행당한 거 같다는 이야기에는 목소리 톤이 높아졌다. 그리고 뒤로 갈수록 잔뜩 성이 난 목소리로 고함을 질렀다.

아영이 하는 이야기만 들어도 대충 무슨 이야기가 오고 갔는지 알 수 있을 거 같았다.

아영의 말대로 혜정 부모님은 자신의 딸에 대해서 크게 관심을 두지 않고 있었다.

혜정이 어디로 갔는지 모른다는 말에도 그들은 크게 개의치 않는 거 같았다.

건형은 지끈거리는 머리를 부여잡았다.

전화를 끊고 난 뒤 아영이 말했다.

"일단 혜정이부터 찾아줘. 혜정이하고 이야기하고 싶어. 그리고 내가 결정할 문제가 아닌 거 같아. 이건 혜정이한테 물어봐야 할 거 같아."

"알았어. 그렇게 할게. 금방 알아봐 주실 거야."

아영이 고개를 끄덕였다.

\*　　　\*　　　\*

집에서 나온 뒤 건형은 홀로 술집에 들어갔다. 평소 술 마시는 걸 좋아하는 성격도 아니고 예전의 그 퍽치기 사건 이후로 술을 거의 안 마시다시피 하고 있었다.

그러나 오늘만큼은 술에 취하고 싶었다. 혼자서 술을 마시고 있는 동안 몇몇 사람들이 건형을 알아보곤 했다.

하지만 건형은 아랑곳하지 않고 계속해서 술잔을 들이켰다.

그때, 누군가 건형 앞에 다가왔다.

그러곤 술잔에 소주를 따르던 건형의 손목을 낚아챘다.

"인마, 뭐하는 거야?"

"어? 형?"

건형이 눈을 휘둥그레 떴다. 자신의 손목을 낚아챈 건 다름 아닌 민수였다.

"형이 여기를 어떻게 알고 온 거예요?"

"인마, 다 정보통이 있지. 그보다 무슨 술을 이렇게 많이 마셨어? 술 안 좋아한다는 녀석이."

이미 테이블 위에는 빈 소주병이 십여 개가량 쌓여 있는 상태였다.

건형이 한숨을 몰아쉬며 말했다.

"기분이 울적해져서요."

"무슨 일인데?"

"그게요."

건형이 자초지종을 설명했다. 여동생이 왜 가출했는지부터 일이 어떻게 되었고 또 앞으로 어떻게 해야 할지 고민이라는 것까지.

그러면서 건형은 마지막 말을 덧붙였다.

"아버지는 저한테 항상 그러셨어요. 남을 도울 능력이 된다면 도와줘야 한다고. 그게 사람의 도리라고. 하물며 짐승도 제 무리를 챙긴다고요."

"그런 일이 있었구나."

민수가 고개를 끄덕였다. 충분히 건형이 무슨 생각을 하고 있는지 짐작할 수 있을 거 같았다.

한참 고민하던 민수가 말했다.

"네가 능력이 된다면 그런 사람들을 돕는 것도 나쁘지 않을 거로 생각한다. 그렇다고 해서 너 자신을 희생하라는 건 아니야. 도울 능력이 되는 한 도와 보라는 거지. 아마 돌아가신 네 아버님도 그런 걸 바라고 계시지 않을까?"

일리가 있는 말이었다. 당연히 그럴 수 있었다.

아버지는 항상 내가 큰 인물이 될 거라고 이야기했었다. 어쩌면 그게 이런 상황을 가정하고 그런 말을 한 것일지도 몰랐다.

또, 그날 퍽치기를 당했을 때 이런 능력이 생기게 된 게 단순한 우연일까.

물론 우연일 수도 있겠지만 힘없는 약자들을 도와주라고 이런 능력이 생기게 된 것일지도 몰랐다.

"후, 조금 더 생각해 봐야겠어요."

"집엔 혼자 들어갈 수 있겠어?"

"그럼요. 그렇게 취한 것도 아닌데요, 뭘."

자리에서 일어난 건형은 술기운에 자신도 모르게 휘청이고 말았다. 현재 그는 온몸을 가누기 어려울 정도로 술에 잔뜩 취한 상태였다.

민수가 그 모습을 보고선 고개를 설레설레 젓더니 건형을 업고선 발걸음을 옮겼다. 그러면서 민수는 혼잣말로 중얼거렸다.

"무슨 생각을 하든 네가 옳다고 생각되는 일을 해라. 그게 최고의 길일 테니까."

그 말을 들었는지 안 들었는지 알 수 없지만, 건형은 민수한테 업힌 상태에서 희미하게 미소를 지어 보이고 있었다.

Chapter. 08

"으으, 머리 아파."

건형은 인상을 잔뜩 찌푸리며 자리에서 일어났다.

인상을 구기며 주변을 둘러보니 집 안이었다. 입고 있던 옷은 어제 입던 옷 그대로였다. 찬찬히 기억을 되짚어봤다. 술을 마셔서 인사불성까지 됐지만, 기억은 하나도 빠짐없이 남아 있었다.

건형은 민수가 잔뜩 술에 취해 곯아떨어진 자신을 집까지 데려다 줬다는 걸 기억해 냈다.

"어휴, 또 진상짓 했네. 나중에 전화라도 한 통화해야겠다.”

건형은 머리를 긁적였다. 그러다가 어젯밤 민수가 집에 데려다 줄 때 혼잣말로 중얼거렸던 말까지 기억해냈다.


'네가 옳다고 생각되는 일을 해라.'


그래, 그게 가장 중요한 것이었다.

그러다가 생각이 미친 게 있었다.

소소한 문제가 하나 더 있었다.

술에 잔뜩 취한 바람에 늦잠을 자 버렸고 결국 강의를 빼먹게 되었다는 것이었다.

하필 그것도 전공 강의인데 말이다.

뒤늦게 휴대폰을 확인해 보니 메시지가 꽤 많이 쌓여 있었다.

건형은 차분히 메시지를 확인했다.

메시지 중 상당량은 한 사람한테 온 것이었다. 그리고 나머지는 친구들한테 온 것들이었다.

우선 친구들한테 온 메시지부터 확인했다. 강의실에 교수님이 들어왔는지부터, 왜 안 오는지 어디에 있는지 등 물어보고 있었다.

출석 체크까지 했다고 하니 아무래도 오늘 하루는 날려 버리는 게 나을 듯했다.

지금 가 봤자 의미 없는 일이 될 테니 말이다.

친구들 문자를 다 확인한 이후에는 한 사람한테 온 문자를 확인해 봤다.

그것은 지현에게서 온 것들이었다.

플뢰르는 당분간 휴가라고 했다. 미니 앨범 활동이 끝나서였다. 앨범이 새로 나오기 전까지나 개인 활동이 들어오기 전에는 계속 쉴 테니 그동안은 여유 있게 쉴 수 있을 터였다.

덕분에 데이트할 시간도 늘어나겠지만, 항상 주의를 기울여야 했다. 아무래도 지현은 아이돌이고 파파라치가 자주 따라붙을 수 있으니까. 고아원에서 같이 사진이 찍힌 적도 있었고.

지현이가 보낸 문자 대부분은 칭얼거림이었다. 정확히 말하면 얼굴을 보고 싶고 만나서 데이트하고 싶다는 그런 내용이었지만.

새삼스럽게 지현과 연인이 된 게 확실히 느껴졌다.

한편 막상 학교를 나가지 않게 되자 시간에 여유가 있게 남았다.

오후 강의는 교수님의 개인 사정 때문에 휴강된 상태였다.

　즉, 지금부터 저녁까지는 텅텅 비어 있다고 봐야 했다.

　무엇을 해야 할지 고민하고 있을 때였다.

　전화가 왔다. 전화를 건 상대방은 지혁이었다.

　'벌써 알아낸 건가?'

　혜정이란 여자애의 소재를 벌써 찾아낸 모양이었다.

　베테랑다웠다.

　건형이 전화를 받았다.

　"여보세요?"

　[혜정이라는 여자애 찾아냈다. 연락처랑 집 주소를 알려줄까?]

　불과 하루 만에 찾아낸 모양이었다.

　아니면 건형이 애초에 그녀에 관해 언급했을 때 미리 주소까지 다 파악해 둔 것일지도 몰랐다.

　"네. 집 주소도 알려주세요. 한번 직접 만나 봐야 할 거 같거든요."

　[아영이도 데려가려고?]

　"네, 그러려고요. 저 혼자 찾아가면 되게 의심할 테니까요. 서울에서 살고 있던가요?"

[응. 강남에서 살고 있어. 주소하고 연락처 지금 문자로 보내 놓으마. 잘 해결하고 해결 보는 대로 한번 들려다오.]

　"예."

　전화를 끊고 난 뒤 건형은 곧장 아영에게 연락을 취했다. 그리고 혜정이 어디에서 살고 있고 연락처는 무엇인지 상세하게 이야기했다. 같이 가자는 말에 아영도 선뜻 고개를 끄덕였다.

　그렇게 두 사람은 곧장 혜정이 사는 곳으로 향했다.


　혜정이 사는 곳은 강남구의 한 오피스텔이었다.

　번화가 근처에 있는 곳이라서 월세만 해도 꽤 많이 나오는 곳이었다.

　아영이 오피스텔을 올려다봤다.

　"정말 여기에서 사는 거 맞아?"

　"응, 그렇다고 하더라고."

　건형은 아직 아영한테 혜정이 무엇을 하고 있는지 이야기를 하진 않은 상태였다.

　"어떻게 할 거야?"

　"일단 전화부터 해 봐야지. 우리가 대뜸 집까지 찾아가면 의심할 게 뻔한데."

"전화 아직 안 한 거였어?"

"으응, 목소리 듣는 게 조금 무서웠거든. 내가 아는 그 혜정이가 맞을까 걱정되기도 했고."

건형이 한숨을 내쉬었다. 가출한 것도 그렇고 지금 와서 이야기하는 것도 그렇고 그렇게 그 혜정이라는 애하고 가깝게 지냈구나, 라는 생각이 절로 들었다.

"일단 한번 전화……."

그때였다. 오피스텔 입구에서 한 여자애가 걸어 나왔다. 큰 키에 늘씬한 몸매, 그리고 예쁘장한 이목구비.

아영이 그녀를 알아봤다.

"혜…… 혜정아."

아마 저기 앞에 걸어 나오고 있는 여자애가 혜정이인 듯했다.

다급히 달려나가려는 아영을 건형이 붙잡았다.

"왜!"

"아까 네가 뭐라고 했어? 대뜸 나타나면 쟤가 오해할 거라며. 그러지 말고 자연스럽게 만난 척해. 그게 더 나을 거야."

"아, 알았어."

아영은 침착하려 애쓰며 그녀의 뒤를 쫓기 시작했다.

오피스텔을 나온 혜정은 무언가 살 게 있었던 듯 근처 편의점으로 들어가고 있었다.

　　그 모습을 보던 건형이 아영을 쿡쿡 찌르며 말했다.

　　"안으로 들어가서 이야기를 나눠 봐."

　　"지금?"

　　"그래, 그리고 그동안 어떻게 지낸 건지 그리고 네가 어떻게 했는지 말해 줘. 쟤가 너를 친구로 생각하고 있다면 속마음을 이야기해 주겠지. 잘 해결되면 오빠하고 같이 널 찾으러 왔다고 이야기하고 날 불러. 알았지?"

　　망설이던 아영이 고개를 끄덕이곤 편의점으로 향했다.

　　얼마 지나지 않아 아영한테 전화가 왔다. 아무래도 잘 풀린 듯했다.

　　"어떻게 됐어?"

　　[혜정이가 오빠 좀 보고 싶데. 되게 놀라던데. 어떻게 자기 찾아냈냐고. 이름 바꾸고 여태 숨어 지냈다던데…….]

　　"알았어. 거기로 갈게."

　　건형이 편의점으로 향했다. 편의점에는 예쁘장하게 생긴 여자애가 아영이하고 대화를 나누고 있었다. 아까 전 봤을 때는 얼굴에 그늘이 가득했는데 지금은 생기가 넘치고 있었다.

중학교 때 친하게 지냈던 친구를 만나서일까?

아무래도 그것 때문에 심신의 안정을 찾은 거 같아 보였다.

"안녕? 아영이한테는 이야기 들었을 테고 박건형이라고 해."

"안녕하세요. 텔레비전에서 보던 모습 그대로네요. 아영이가 오빠 이야기를 종종 하긴 했는데 그 퀴즈의 신이 오빠일 줄은 몰랐어요."

"하하, 그래? 일단 자리부터 옮길까?"

아무래도 편의점 안은 대화를 나누기엔 환경이 좋지 않았다.

"그럼 우리 집으로 가요. 여기 바로 앞이거든요. 물어볼 것도 있고요. 아영이가 말해 주긴 했는데 전적으로 믿기가 조금 그래서요."

"그래. 그렇게 하자."

건형이 고개를 끄덕였다. 눈빛이나 표정을 보아하니 아직 자신과 아영을 완전히 신뢰하지 못하고 있는 게 분명했다.

일단 이 신뢰부터 쌓는 게 중요했다.

세 사람은 오피스텔로 자리를 옮겼다.

오피스텔 안은 꽤 넓었다. 복층이었는데 위층에 침대가 있었고 아래 가전제품들과 책장, 서랍장 등이 자리해 있었다.

딱 봐도 비싸 보이는 곳이었다.

이십 대 초반의 여자가 혼자 살기에는 생활비 부담이 만만치 않을 것이다.

자리에 앉고 난 뒤 혜정이 건형을 쳐다보며 말했다.

"제 뒷조사를 어떻게 하신 거죠? 감쪽같이 없애 준다고 했는데."

"아는 분이 계시는데 그분이 알아봐 준거야. 걱정하지 마. 그분은 이 바닥에서는 최고라고 해도 과언이 아니니까."

"제 흔적을 없애준 사람도 자기가 이 바닥 최고라고 했거든요. 그렇다 보니 궁금해서요. 어쨌든 상관은 없어요. 그놈은 한 번도 본 적이 없었으니까. 그보다 저한테 하고 싶은 말이 뭐죠?"

"아영이가 찾아봐 달라고 해서 찾아봐 준 거야. 사실 너한테 하고 싶은 말은 없어. 여동생이 너 때문에 다시는 가출 안 하면 그것으로 충분하니까."

"……부럽네요. 저도 그런 오빠가 있었으면 가출하지 않아도 됐을 텐데. 어쨌든 이야기는 아영이한테 대충 들었어요. 그 사람한테 몹쓸 짓 당한 거 사실이에요. 그러나 더는 마음에 담아두지 않고 있어요. 보복당할까 봐 두려운 것도 사실이고요."

"보복? 그 남자가 그렇게 말했어?"

"네. 소문을 퍼트리면 저를 죽이겠다고 대놓고 협박했거든요. 조폭 밑에서 일한다는 소문이 있어서 저는 차마 경찰에 알릴 생각도 하지 못했죠. 그 때문에 도망치듯 이곳으로 밀려 나와 이름도 바꾼 채 사는 거고요."

"그 남자를 어떻게 했으면 좋겠어?"

"어떻게 했으면 좋겠냐고요? 죽이고 싶죠. 그런데 그러면 전 살인자가 되는 거잖아요. 그렇다고 누군가의 도움을 받을 수 있는 것도 아니고요. 그냥 잊어버리기로 했어요. 그게 더 속이 편하고요."

건형이 한숨을 길게 내쉬었다.

이게 우리나라의 현실이다.

가해자는 떵떵거리며 잘 사는데 정작 피해자가 더 고통스러워하고 더 불행해지는 것 말이다.

만약 자신의 여동생이 이렇게 됐다고 생각하면 피가 거

꾸로 솟을 터였다.

게다가 지금 그녀가 하는 일을 생각하면 더욱더 그렇다.

그녀는 현재 술집에서 일하고 있으니 말이다.


결국, 건형은 아무 말도 하지 못했다.

그녀한테 복수해 주겠다고도 하지 못했다. 준법 국가에서 법을 어기는 건 올바르지 못한 행동이기 때문이다.

그렇다고 해서 그놈을 용서해 주기로 마음먹은 건 아니다.

죄를 지었으면 마땅히 벌을 받아야 한다.

그래서 건형은 곧장 지혁에게로 향했다.

말없이 불쑥 찾아온 건형 모습에 지혁이 무언가 눈치챈 듯 입을 열었다.

"그 여자애 만났구나. 뭐라고 하든? 아마 그냥 이대로 묻어 달라고 했겠지?"

"이미 알고 계셨군요."

"당연하지. 내가 이 바닥에서 일한 게 몇 년인데. 대충 짐작이 가지. 사실 우리나라에선 아직 이쪽 계통은 여성의 인권이 되게 낮은 상태거든. 여자가 몸 관리 제대로 못 해서 강간당했다고 하는 놈들도 있으니까. 그러니까 윗놈들이 허구한 날 성추행 같은 일 일으켰다가 신문에 대서특필되는 거 아니겠느냐?"

"휴, 그래서 속이 매우 답답하네요. 그렇다고 해서 그놈을 제가 어떻게 할 수 있는 것도 아니잖아요. 이 나라는 준법 국가인데 법을 어길 수도 없는 거고."

"때로는 법을 어기는 것도 필요하지."

"네?"

"정의를 위해서는 때론 법을 어기는 것도 필요하다는 말이야. 그게 공공의 이익에 우선할 수 있다면 그럴 수도 있다고 한 게 바로 성철 형님이었지. 우리 단체가 만들어진 것도 그러한 이유 때문이었고."

"공공의 이익 때문에요?"

"그래. 사실 그놈은 잔챙이에 불과해. 이 세상에는 교묘하게 법을 어기면서 자신의 배를 불리는 놈들이 많아. 그렇지만 법대로 하면 그놈들을 처벌하는 건 불가능하지. 그래서 우리가 만들어진 거야. 공공의 이익을 보호하기 위해서 법을 어기는 한이 있어도 그 녀석들을 처벌하기로 한 거지."

"되게 영화 같은 이야기네요."

"영화 하니까 떠오르는 건데 다크 나이트라고 봤어? 내가 제일 좋아하는 영화지. 그 엔딩 크레디트 올라갈 때 나오는 대사."

건형이 기억을 더듬었다.

영화 마지막에 배트맨이 오토바이를 타고 도망칠 때 고든 형사가 아들을 향해 하던 말.

**He's a silent guardian, a watchful protector. A dark knight.**

"그는 조용히 우리를 지키는 수호자이고 우리를 지켜보는 보호자인 다크 나이트란다."

나지막한 목소리로 읊조린 지혁이 입가에 미소를 그리며 말했다.

"진짜 멋지지 않더냐? 이게 바로 우리의 신조란다. 우리는 세상에 우리의 모습을 드러내지 않아. 어둠에 숨어서 비밀리에 정보를 모으지. 그리고 그 정보를 때로는 공개하고 때로는 그 정보로 협박하면서 공공의 이익을 지키는 것에 주력하는 거지."

솔직히 건형은 지혁이 겉멋이 잔뜩 든 거 같다고 생각됐다. 하지만 왠지 싫지만은 않았다.

그의 말에는 공감되는 부분도 있었다.

"저도 될 수 있을까요? 그 수호자라는 거."

"너 정도면 충분하지. 당분간 꾸준히 훈련해 줘야겠지만. 그런데 이거 엄청나게 위험한 거 알지?"

"네. 알죠."

정보를 다루는 직업은 위험하다.

그것도 세상의 흐름에 서 있는 사람들하고 반대된 곳에서 정보를 캐야 하는 일이다.

위험이 뒤따르는 건 당연한 일일지도 모른다.

지혁은 재차 강조했다. 건형을 수제자감으로 생각했던 건 사실이다. 머리도 좋아 보이고 아는 것도 많아 보인다. 무엇보다 딱 봐도 사람을 확 잡아끄는 매력이 있었다.

그런데 하나 걸리는 문제가 있다. 건형이 성철의 아들이라는 것이다. 자신 때문에 건형이 위험한 일에 처하게 된다면 나중에 죽어서 성철을 볼 면목이 없게 된다.

그래서 지혁은 호되게 건형을 가르치겠다고 마음먹었다. 그래야 이 험한 세상에서 살아남을 수 있을 테니까.


한편 건형이 생각을 확고하게 굳힌 건 다른 이유에서가 아니었다.

그것에는 아영이 가장 큰 영향을 미쳤다.

만약 자신의 가족에게 그런 일이 닥치게 된다면 어떻게 해야 하나 고민하다가 그래도 가족을 지키는 힘 정도는 갖춰 놔야 할 거 같다고 생각하게 됐다.

그래서 지혁에게 도움을 받기로 한 것이었다.

물론 지혁이 그에게 특전사 아니 그 이상의 훈련을 소화시킬 거라고는 전혀 예상하지 못했었지만.

"훈련은 다음 주부터 한다."

"다음 주부터요?"

"그래. 아주 혹독한 훈련이 될 거니까 단단히 각오하고 있으라고."

살벌한 목소리에 건형은 자신이 괜한 선택을 한 게 아닌가 살짝 우려가 됐다. 지금 말하는 걸 보아하니 아무리 생각해 봐도 스파르타 훈련 그 이상 가는 훈련이 될 게 뻔해 보였다.

그때였다.

난처한 상황을 뚫고 전화가 한 통 걸려왔다.

화면을 확인해 보니 지현이었다.

"누구야? 여자친구?"

"아, 뭐…… 전화 좀 받아도 될까요?"

지혁은 흔쾌히 고개를 끄덕였다.

건형이 전화를 받는 동안 지혁은 호기심이 생겼다. 분명 얼마 전까지만 해도 여자친구가 없던 걸로 아는데 갑자기 여자친구한테 걸려온 전화라니.

그렇다면 그 짧은 시간 만에 여자친구를 사귀었다는 말이 된다. 누가 건형의 여자친구인건지 그게 궁금했다.

어떻게 할까 고민하던 지혁은 건형을 잘 챙기기 위해서는 주변 인간관계도 확실히 할 필요가 있다는 생각에 통화를 한 번 엿들어 보기로 마음먹었다.

평범한 연인들의 대화였다.

보고 싶다, 언제 볼까, 뭐하고 놀까 등.

그런데 단어 선택이 조금 묘했다. 뭐랄까, 여자애가 바깥에 나가는 걸 꺼리는 듯하다고 해야 할까.

딱 들어 봐도 느낌이 왔다.

평범한 직업은 아니었다. 기껏해야 같은 학교의 여대생을 만나는 게 아닐까 싶었는데 말이다.

그럴 때였다. 건형이 이름을 불렀다.

지현.

"지현? 나하고 이름이 비슷하네. 누구지? 좋지 않은 목적으로 접근한 애는 아니겠지."

지혁이 그렇게 스스로 당위성을 부여할 때였다.

그룹 활동에 관한 이야기도 나왔다. 그래도 멀지 않아 미니 앨범을 재차 발매할 예정이라는 이야기도 들렸다.

그렇다면 최근 막 활동을 끝내고 휴식기에 돌입한 아이돌일 테고 개중에서 이름이 지현인 여자애는 한 명뿐이었다.

그러고 보니 얼마 전 연예가를 떠들썩하게 했던 열애설이 하나 생각났다. 그 열애설의 주인공이 건형과 지현이었다.

지혁은 그 열애설이 근거 없는 낭설이라고 생각하고 있었다. 실제로 두 사람이 사귄다는 어떠한 물질적인 증거도 없었다.

그런데 두 사람이 사귀고 있다고?

그 근거 없던 루머가 사실이라고?

자신의 정보가 잘못된 게 아닌가 하는 그런 생각마저 들고 있었다.

그때, 건형이 막 전화를 끝내고 나왔다.

근처에서 엿듣고 있던 지혁이 헛기침을 하며 입을 열었다.

"사이가 좋은가 보다?"

"설마 엿들으신 거예요?"

"크흠, 뭐 수련을 위한 일환이지. 데이트한다고 수련에 소홀해지면 안 되니까. 그보다 루머 아니었냐? 그렇게 알고 있었는데."

"사귄 지 얼마 안 됐어요. 이제 이틀 지난걸요. 그래서 모르셨을 수도…… 아니 그보다 그동안 저에 관한 정보도 수집하고 계셨던 거예요?"

"당연하지. 그동안은 성철 형님의 죽음의 배후를 캐지 못해 몸을 사렸지만 이제 널 만나게 됐으니까. 같은 식구가될 수 있는데 미리 준비하는 건 당연한 일이다."

"그랬군요."

"이제 슬슬 돌아가 봐. 다음 주부터 훈련 시작할 거니까 각오 단단히 해 두고."

"몇 시부터 몇 시까지 하는 거죠?"

"너 강의 시간표 좀 줘 봐. 그거 보고 맞춰야겠다. 올해 2학년이었지? 빡빡하겠네."

"네, 졸업하려면 그렇게 들어야죠."

"그런데 너 굳이 공부 안 해도 되지 않아? 퀴즈쇼 나와서 푸는 거 보면 웬만한 건 쉽게 맞출 거 같던데. 모르는 문제가 없을 정도라며."

"……글쎄요. 아마 웬만한 건 다 맞출 수 있겠죠?"

"됐네. 이렇게 하자. 강의 시간에는 일단 강의에 충실히 해. 뭐 강의를 듣던 네 볼일을 보던 그건 상관하지 않으마. 그러나 강의가 끝나면 그 이후 계속 훈련에 매진한다. 강의 끝나고 바로 이곳으로 와야 돼."

"주말에도 시간을 비워야 돼요."

"알아. 그러나 주말에는 중요한 사정이 아닌 이상 하루 종일 여기에 머물러야 돼. 그만큼 엄격하되 확실하게 가르칠 거야. 김지혁의 제자다, 이런 말 하고 다니려면 말이지."

건형이 고개를 끄덕였다.

이미 엎질러진 물이었다.

*      *      *

그 이후 일상은 별일 없었다.

사소한 변화는 몇 가지 있었다.

일단 휴대폰을 보는 일이 잦아진 거. 지현이하고 자주 연락을 주고받았기 때문이다. 소속사에는 최대한 꼭꼭 숨겨 두고 있었다.

열애설은 살짝 달아올랐다가 급격히 사그라졌기 때문에 걱정할 필요 없었다. 오히려 지현이 개념돌이라고 칭찬받게 되면서 소속사는 열애설에 대해서 선을 긋고 고아원에 갔던 것을 대대적으로 홍보하고 있었다. 이게 다 이름값을 높이는데 도움이 되기 때문이었다.

그 덕분에 졸지에 사랑의 고아원에 후원금이 일시적이지만 늘었다고 하니 누이 좋고 매부 좋은 격이었다.

어쨌든 그 덕분에 건형은 알콩달콩 연애를 즐길 수 있었다.

물론 바깥을 사람 시선 의식하지 않고 돌아다닌다거나 여행을 간다거나 할 수 있는 건 아니었다.

그러기엔 위험부담이 너무 컸다. 지현이 아이돌을 당장 때려치울 수 있는 것도 아니었고. 아이돌 가수로 성공하는 게 그녀의 꿈이었으니까.

그것 말고 또 일상에 관해 이야기해 본다면 토요일에 '대한민국, 퀴즈에 빠지다!' 녹화를 위해 공개홀에 갔을 때 진명제 PD하고 한 번 더 회의했었다.

주된 내용은 역시 '퀴즈의 신(가제)'에 관련된 것이었다.

조만간 퀴즈의 신을 촬영하자고 아예 스케줄을 잡아 버린 것이었다.

2주 뒤에 시간을 할애할 수 있다면 그날 생방송을 진행하자고 이야기가 나왔다.

진명제 PD는 건형이 승낙하기만 한다면 바로 게스트를 섭외하고 시청자 참여를 받을 것이라고 호언장담을 했다.

그러나 또 생방송을 한다는 건 여러모로 부담이 가는 일이었다. 더군다나 학교 강의도 빠져야 했다. 그리고 당장 다음 주로 예정된 지혁의 훈련도 하루 쉬어야 할 테고.

그렇다 보니 시간적인 부분에서 애로 사항이 많은 게 사실이었다.

하지만 무턱대고 거절하자니 그것도 조금 꺼리는 게 사실이었다. 그것은 진명제 PD하고 왕작가 때문이었다.

이들 두 사람은 정말 좋은 사람이었다. 앞으로 오래 알아 둬도 될 만큼 충분히 값어치 있는 사람들로 건형은 이왕이면 이들과 인연을 길게 가져가고 싶었다.

그러려면 '대한민국, 퀴즈에 빠지다!'가 승승장구해야 하는데 요즘 들어 퀴즈쇼에 관한 관심이 조금씩 식고 있다는 게 문제였다.

건형이 출연하면서 시청률이 소폭 상승했다고 하지만 전성기에 비할 바는 되지 못했고 진 PD는 여기서 반등을 노리려고 하고 있었다.

그게 바로 '퀴즈의 신'이었고.

건형도 긍정적으로 생각하고 있었다. 어차피 특집 기획으로 잡힌 거고 그날 하루만 잠시 시간을 빼면 되는 일이었으니 말이다.

한 주가 순식간에 지나갔다.

건형은 그동안 틈틈이 학교와 도서관을 번갈아 다니면서 지식을 쌓는 데 집중했다. 2주 뒤에 있을 퀴즈의 신 방송 촬영을 생각해서였기도 했고 그냥 기본적인 지적 욕구 탓도 있었다.

틈틈이 지현과도 연락을 주고받았지만 직접 만난 적은 없었다. 그러기엔 아직 상황이 여의치 않았다. 열애설은 잠잠해진 지 꽤 됐지만 그래도 주변의 시선을 의식하지 않을 수가 없었다.

아영은 절대 가출하지 않았다. 그 대신 온종일 집안에서 공부만 하고 있었다. 내년에 바로 대학교에 가겠다고 결심한 모양이었다.

혜정하고는 틈틈이 연락을 주고받는 듯했다. 아직도 아영은 혜정이 무슨 일을 하는지 알지 못하고 있었다.

그렇다고 건형이 언급할 수도 없는 노릇이었다.

자신이 여기서 혜정을 돕는다고 하는 것도 문제였다.

그러면 자신이 룸에 나가는 일까지 알고 있었냐고 꼬치꼬치 캐물을 테고 수치심에 아영과의 연락까지 끊어 버릴지도 모를 일이었다.

건형으로서는 골치 아픈 일이었다.

가장 좋은 건 혜정이 직접 이야기하게 하는 건데 그것도 사실상 어려운 일이었다.

어쨌든 그렇게 주말이 되고 녹화방송 촬영을 마친 뒤 그날이 찾아왔다.

토요일 저녁.

건형은 쿵쿵 뛰는 심장을 진정시켰다.

오늘 잠이 들면 내일부터는 그 지옥 훈련을 받아야 한다.

지혁한테서 온 문자는 섬뜩하기 이를 데 없었다.

지옥에 온 걸 환영한다, 였던가?

당장 내일부터는 지혁이 마련해 둔 곳으로 가야 했다. 그리고 특별한 일이 없는 이상 그곳에서 꾸준히 훈련을 받아야만 했다.

그래서 건형은 요즘 들어서는 뇌에 관한 논문을 더 뒤져 보고 있었다. 그때, 학술 전문 사이트에서 뇌 관련 논문을 여러 편 읽긴 했지만, 그가 못 본 자료도 충분히 차고 넘칠 터였다.

아직 세상의 모든 활자를 자신이 다 읽은 것도 아니었다. 개중에는 말도 안 되는 개소리를 늘어놓은 것도 있겠지만, 그 누구도 상상하지 못했던 소중한 생각을 기록해 둔 것도 있을 터였다.

그래서 도서관을 계속 다니는 것이기도 했다. 못 본 논문이나 서적이 있으면 찾아보기 위함이었다.

그리고 건형은 흥미로운 연구 자료를 하나 찾아낼 수 있었다.

그것은 뇌를 컨트롤함으로써 신체도 다스릴 수 있다, 는 그런 내용을 담고 있었다.

즉, 뇌를 완벽하게 장악함으로 인해 신체를 자유자재로 변화시키는 것도 가능하다는 이야기였다. 그리고 그것을 통해서 가상현실을 실체화하는 것도 가능할 것이라고 끝맺음을 짓고 있었다.

물론 현실화하는 건 불가능한 이야기였다. 인간이 뇌를 완벽하게 장악한다는 것 자체가 일단 말이 안 되는 이야기이기 때문이었다.

그래서 기계의 도움을 빌려야 하는데 상용화되려면 못해도 수십 년은 더 남아 있다고 봐야 했다.

그러나 여기에는 변수가 하나 있다.

다른 사람들은 다 불가능할지 모르겠지만, 건형은 가능하다는 것이다.

건형은 뇌를 100% 완벽하게 컨트롤하는 게 가능하니까 말이다.

처음 훈련을 받아 보고 힘에 부친다는 생각이 든다면 그때 한번 시험해 볼 생각이었다. 지금 당장 테스트할 용기는 나지 않았다. 이 용기를 뛰어넘을 만큼 훈련이 고되다면 그때 선택할 요령이었다.

그렇게 건형은 잠자리에 들었다.

그리고 세 번이나 잠을 설치고 일어났다가 깼다가를 반복해야 했다.


일요일이다.

대개 달력을 보면 일요일이 한 주의 첫날로 되어 있다. 그건 컴퓨터나 스마트폰도 마찬가지다. 차라리 월요일이 한 주의 시작이었으면 어땠을까?

그러나 부질없는 이야기다. 어차피 시간은 흐르게 되어 있고 시간을 붙잡을 수 없는 이상 훈련은 받을 수밖에 없는 일이다.

건형은 지혁이 머무르고 있는 서울 근교로 가기 위해 택

시를 잡았다. 매번 택시를 타고 가는 건 번거로워서 이참에
자동차도 한 대 사들여 뒀다. 출고까지 대략 열흘가량 남았
다고 하는데 그때까지는 택시 신세를 질 수밖에 없었다.

건형을 태운 택시가 빠르게 서울 도심을 벗어나기 시작
했다. 상쾌한 공기가 코끝을 스칠 무렵 매정하게 택시는 목
적지에 도착해 버렸다.

건형은 찝찝한 얼굴로 택시에서 내려 별장 안으로 들어
갔다.

지혁은 평소와는 다르게 진중한 얼굴로 자리에 앉아 있
었다.

"앞으로는 나를 삼촌이 아니라 사부님이라고 부르면 된
다."

"무슨 무협 소설도 아니고 사부님이에요."

"잔말 말고 시키는 대로 해. 나도 돌아가신 스승님한테
배웠을 때 항상 사부님이라고 했었으니까."

"알았어요, 삼 초…… 아니, 사부님."

"좋아. 그럼 시작해 볼까?"

"여기서 훈련하는 거예요?"

"그럴 리가 있겠냐. 저쪽에 은신처가 있어. 거기서 할 거
야. 각오는 단단히 해 둔 거겠지?"

"각오라고 할 거까지야 있나요? 설마 죽이진 않겠죠."

"그래, 그 정도면 충분하네. 죽는 것만 아니면 된다는 그 마음가짐 말이야."

지혁은 흐뭇하게 웃으며 앞장서서 걷기 시작했다.

건형은 입술을 깨물었다. 무언가 말이 잘못 전달된 느낌이 들었다.

그렇게 두 사람은 한참을 걸어 근처 야산을 타고 올랐다. 그리고 중턱에 도착했을 때 지혁이 잘 위장된 문을 열어젖혔다. 두꺼운 철문이 열리고 내부가 한눈에 들어왔다.

그 안은 커다란 공동이었다. 인위적으로 만든 공동이 야산 아래 자리하고 있었다. 족히 백 평은 넘는 크기에 웬만한 기구들이 다 자리하고 있었다.

"와, 대단하네요. 이게 다 뭐예요?"

"신입들 가르칠 때 쓰던 거지. 일단 기초 체력부터 한번 볼까?"

"네."

그리고 본격적으로 시작되었다.

지옥 길이.


처음 시작은 트레드밀에서 10km를 맞추고 계속해서 달리는 것이었다.

건형은 나름 자신의 체력에 자부심이 있었다. 여태 단 한 번도 숨이 벅차 본 적은 없었으니까. 군대도 잘 다녀왔고 행군도 문제없이 받았다. 그리고 나름 특전사까진 아니어도 우등 병사이긴 했었다.

그런데 그것은 곧 자신의 오만이었다는 걸 깨닫고 말았다.

처음 십 분까지는 그럭저럭 버틸 만했다.

그러나 차차 시간이 지날수록 숨이 벅차기 시작했다. 급기야 앞자리 숫자가 2로 바뀌었을 때는 숨이 넘어가기 일보 직전까지 몰려 버렸다.

건형이 도저히 달릴 수 없다고 판단이 되었을 때야 비로소 지혁은 트레드밀의 전원을 차단했다.

"나쁘진 않네. 근력도 한번 테스트해 보자."

그 뒤 여러 가지 검사가 이어졌다.

그리고 전체적으로 건형이 받은 평가는 나쁘지 않다, 즉 무난하다는 것이었다.

그래도 기초체력은 잘 다져져 있는 상태이기 때문에 훈련을 받는데 큰 지장은 없을 거라고 했다.

그렇지만 문제는 그게 아니었다. 앞으로 이곳에 오면 우선 몸풀기로 지금 한 것들을 빠짐없이 다 해야 한다는 점이었다.

"당분간은 이 체력 훈련부터 한다. 무난한 편이긴 한데 이 정도로는 부족해. 여기서 두 배 정도는 더 되어야 한다. 체력이 뒷받침되지 않으면 아무 쓸모가 없어. 험한 산맥을 빠르게 타고 오르락내리락할 수도 있어야 하고 강가에 잠수해서 오래 숨을 참는 것도 필요하고. 그러려면 일단 체력부터 길러야 해. 오늘부터 매일 체력 훈련부터 하도록 하자. 본격적인 훈련은 보름, 보름 뒤부터 시작하는 걸로 하고."

"헉, 헉. 보름 뒤요?"

"그래. 보름 정도면 어느 정도 기초 체력은 갖춰져 있을 테니까. 지금 상태도 몹시 나쁜 건 아니기도 하고."

"알았어요, 그런데 매일 이렇게 해야 해요?"

"당연하지. 특수부대원들이 무슨 약골로 보여? 게다가 네가 받아야 하는 건 엘리트 육성 훈련이라고. 현장 요원이 체력 부족으로 임무 실패하는 그런 꼴을 보고 싶어?"

"아, 아니요."

"그럼 잔말 말고 쫓아와."

그 뒤, 종일 훈련이 이어졌다.

말이 훈련이지 체력 단련이 전부였다.

결국, 온몸에서 근육통이 느껴지기 시작했다. 오랜 시간 운동을 하지 않았다가 오랜만에 다시 하려고 하니 부작용이 일어난 셈이었다.

"고작 이런 걸로 쓰러져서 되겠냐? 자자, 일어서. 계속 달려야지."

"하아, 하아."

건형은 숨을 거칠게 몰아쉬었다. 그러다가 뇌의 효능에 대해 생각을 해 봤다. 뇌에서 운동신경을 담당하는 기관은 두정엽이다.

이 두정엽을 자극하면 어떻게 될까?

한번 시도해 볼 만했다.

건형은 조심스럽게 뇌를 컨트롤하기 시작했다.

평소 후두엽, 측두엽을 주로 쓰던 것에서 두정엽을 써보기 시작했다.

처음에는 별다른 효과가 느껴지지 않았다.

그런데 어느 순간 갑자기 몸에 변화가 생겨났다.

점점 체력이 달려 지쳐가고 있었는데 그 몸에 활기가 돋기 시작했다.

그와 함께 뇌가 신장을 자극하기 시작했다. 그러더니 신장 위쪽에 자리한 부신 수질에서 아드레날린이 분비되기 시작했다. 시야가 선명해지면서 심장박동이 점점 빨라졌다. 진통제의 효과를 갖고 있는 엔도르핀이 함께 분비되었다.

그러면서 신체 기능이 급격히 올라가면서 순간적으로 집중력이 늘어났다.

동시에 신체가 급격히 활성화되면서 호흡이 안정되었다.

그러자 후들거리던 다리가 금세 안정되었고 트레드밀을 걷는데 이제는 흔들림이 없게 됐다.

지혁은 그런 건형을 놀랜 얼굴로 쳐다봤다. 믿을 수 없는 일이었다. 갑자기 식은땀이 계속해서 흐르길래 체력 단련하는 걸 중지해야 하는 게 아닌가 생각했었다. 그래서 실제로 건형을 말리려고 했다.

그런데 온몸에서 수증기가 뿜어지는가 싶더니 건형의 얼굴에 활기가 돌고 있었다. 그리고 급기야는 속도를 더 높여 달리는 것이었다.

지혁은 이게 인간이 한계를 넘어설 때 나타나는 현상인가, 라는 생각을 하게 됐다. 한계를 넘어서게 되면 가끔 불가사의한 힘을 보여 주는데 지금이 그런 상황이 아닌가 싶은 생각이 든 것이었다.

그 뒤 건형은 쉽사리 훈련을 받아냈고 처음으로 탈진하지 않고 하루 훈련을 마무리 지을 수 있었다.

훈련이 끝나고 지혁이 건형에게 물었다.

"아까 어떻게 한 거냐?"

"네? 뭐가요?"

아마 본인도 모르고 있는 듯했다. 무의식중에 나온 게 아닌가 했는데 그게 확신이 됐다.

지혁이 차분한 목소리로 말했다.

"너 아까 트레드밀 달릴 때 온몸에서 수증기 피어오르고 장난 아니었어. 맨 처음에 나는 네가 잘못된 줄 알았다."

"그랬어요?"

"그래, 그래서 얼마나 놀란 줄 알아? 뭐 그 이후에 갑자기 몸 상태가 호전되길래 내버려 두긴 했지만."

건형이 멋쩍게 웃었다. 자신의 몸에서 어떠한 변화가 일어났는지까지는 알지 못했지만 무언가 좋은 변화가 일어났다는 건 그 역시 알고 있었다.

그렇지만 이것을 지혁에게 밝힐 생각은 없었다. 지혁뿐만 아니라 주변 사람 모두에게 밝힐 생각도 없었다. 자신이 얻은 이 능력은 우연한 산물이었다.

펵치기를 당해서 뇌를 자기 뜻대로 컨트롤할 수 있게 됐다고 이야기할 수 있을까?

그랬다가 누군가 그것을 따라 하고 뇌사가 되면 어떻게 하려고. 이건 우연과 우연이 겹친 일이라고 건형은 추측하고 있었다.

"오늘 고생했어. 내일 또 보자."

"내일은 저 힘들 거 같아요."

"아, 내일이 그날이었나?"

생각해 보니 벌써 일주일이 지난 상태였다. 그리고 내일은 건형이 두 번째로 생방송을 하게 되는 날이었다.

이번에는 본인의 이름을 걸고 직접 주인공으로 나서는 그런 방송이기도 했다.

바로 퀴즈의 신 생방송이 방송되는 날이었다.


택시를 타고 집으로 돌아온 건형은 그대로 샤워부터 했다. 지혁 집에서 한 번 샤워했지만, 아직 찝찝함이 남아 있어서였다.

그래도 오늘은 최고의 수확한 날이었다.

단순히 지식뿐만 아니라 다른 쪽으로도 자신의 능력을 발휘할 수 있다는 걸 알게 되었으니 말이다.

조금 더 확장해서 생각해 보니 단순히 신체적으로 활성

화를 더 좋게 해 준다거나 피로감을 덜어주는 것에 그치는 게 아니라 지혈을 쉽게 하게 해 주고 회복이 훨씬 더 빨라질 수 있지 않을까 라는 생각도 들게 하고 있었다.

그러나 이것을 남용할 생각은 없었다.

Give and Take.

주는 게 있으면 받는 게 있다.

분명히 이 능력을 사용하게 되면 그만큼 무언가 상대적으로 잃는 게 있을 터였다.

그것은 확신에 가까웠다.

이 세상에 공짜는 없는 법이라고 배웠으니까.

Chapter. 09

　건형은 긴장된 마음으로 천천히 준비를 서둘렀다.

　오늘은 '대한민국, 퀴즈에 빠지다!' 의 특집으로 종종 편성이 될 '퀴즈의 신 박건형' 이 생방송을 타는 날이었다.

　3주 전에도 한 번 생방송으로 출연해 봤지만, 그때보다 오늘은 더 떨리는 거 같았다.

　준비된 대본은 정말 짧았다. 오프닝 설명과 맺음말 정도가 전부였다.

　그 밖에는 죄다 애드리브로 넘겨야 했다. 질문자들이 어떠한 질문을 던질지도 공개된 게 전혀 없었다.

전혀 생뚱맞은 질문이 나올지도 모를 일이었다.

그러나 건형은 자신만만했다.

그때보다 자신은 일취월장해 있었다.

수많은 책을 읽었다. 그리고 인터넷으로도 정보를 탐독했다. 머릿속에는 하나의 방대한 도서관이 자리 잡고 있었다.

무엇보다 계기 포인트.

이것으로 연상되는 정보를 추론해 정답을 유추할 수 있는 능력까지 갖추게 됐다.

남은 건 무슨 질문이든 족족 대답해서 퀴즈의 신이 자신이라는 걸 증명해 보이는 것뿐이었다.

생방송을 찍기 전 이야기를 들어 보니 전화 질문, 인터넷 질문, 그리고 방송국에서 시청자가 직접 참여해서 하는 질문 등 세 종류로 나뉘어 있다고 들었다.

전화 질문이 20분, 인터넷 질문이 30분, 그리고 시청자 참여 질문이 30분으로 잡혀 있었다.

방송 시간은 1시간 20분. 그 전에 총연습을 한 번 하기 위해 방송국에 조금 더 일찍 가 봐야 했다.

준비를 다 끝낸 건형이 집에서 나오려 할 때였다.

전화가 왔다. 지현이었다.

[오빠, 오늘 생방송 하는 날 맞죠?]

"응, 긴장돼 죽겠어."

[퀴즈의 신이 긴장하면 어떻게 해요? 걱정하지 마세요. 오빠는 충분히 잘할 수 있을 거니까요.]

"덕분에 긴장이 조금 풀리는 거 같기도 하네. 너는 지금 어디야?"

[저 숙소에 있어요. 아마 이르면 다음 달 초에 미니 앨범 나올 거 같은데 그때까지 부지런히 준비해 둬야 해요.]

"바쁘네. 얼굴도 자주 못 보고 미안하네."

[오빠가 미안해할 게 뭐 있어요. 제가 바빠서 못 나가는 건데요 뭘. 걱정하지 말고 오늘 생방송 촬영 잘하세요. 비록 방송국 가서 응원은 못 하지만 숙소에서 보면서 꼭 응원할게요.]

"응, 고마워."

[아, 그리고 오빠, 한 가지 물어보고 싶은 게 있는데……]

"뭔데? 궁금한 게 있으면 물어봐. 다 말해 줄게."

[그게…… 아니에요. 나중에 물어볼게요.]

"알았어. 그럼 나중에 연락할게."

연인에게 응원도 받았겠다.

기분이 상쾌하기 이를 데 없었다.

그런데 뒤끝이 조금 찜찜했다. 지현이 무언가 물어보려고 했던 거 같은데 그게 무엇인지 몹시 궁금했다. 그렇다고 다시 전화해서 물어보자니 그것도 조금 궁한 거 같았다. 하는 수없이 나중에 직접 만나거나 전화를 해서 물어봐야 할 거 같다고 생각이 들었다.

어쨌든 건형은 택시를 타고 등촌동에 있는 공개홀로 향했다. 아직 주문해 둔 차는 출고가 안 된 상황이었다. 한 주정도 더 기다려야 한다고 하는 걸 보니 그때까지는 계속 택시를 애용할 수밖에 없을 듯했다.

공개홀에 도착하자 이제는 앙숙이나 다름없는 이유정 작가가 그를 마중 나왔다.

처음 그가 생방송에 출연했을 때 건형에게 미운 감정이 쌓인 이유정은 여전히 건형을 탐탁지 않게 생각하고 있었다.

그래도 막내 작가 다 보니 어쩔 수 없이 앞까지 마중 나와 있던 것이었다.

더군다나 건형은 오늘 방송의 가장 중요한 사람이었다.

"왔어요?"

"네, 안녕하세요. 바로 올라가죠."

건형도 자신에게 호감을 느끼고 있지 않은 상대에게 잘 대해 줄 생각은 없었다.

회의실에 도착하자 진 PD가 그를 반갑게 반겼다.

건형도 환하게 웃으며 악수를 건넸다. 건형과 막내 작가를 번갈아 쳐다보던 진 PD가 어색하게 웃으며 입을 열었다.

"두 사람은 여전히 사이가 안 좋나 보네. 아직도 저렇게 뾰로통한 걸 보면 말이야."

"누가 뾰로통해한다고 그러세요! 전혀 그런 거 없거든요."

"하하, 이 작가는 씩씩해서 참 좋단 말이야. 방송 준비는 잘해 봤나?"

"예, 그럭저럭요. 총연습은 언제 하죠?"

"앞으로 한 시간 뒤에 할 예정이네. 생방송이고 또, 시청자들의 우려를 덜기 위해서 어떤 질문이 나올지는 일체 알려 줄 수 없으니 양해해 주게."

"만약 제가 한 문제라도 틀리게 된다면 방송에 타격이 꽤 크지 않을까요?"

"그렇겠지만 와이드너 도서관에서 자네가 보여준 그 모습을 믿어 보기로 했네. 뭐, 정 안 되면 경위서 써야 할 테고. 어차피 요새 퀴즈쇼 방송이 너무 많이 생겨나는 바람에 이 바닥에 붉은 바다 된 지 오래됐으니까. 남들과는 다른 차별성이라도 가져가야 하지 않겠나?"

"그야 그렇긴 하죠. 일단 온갖 노력을 해 보겠습니다."

"그러면 총연습 준비하고. 대본 한 번 더 확인해 두고."


생방송까지 남은 시간은 불과 십여 분.

건형은 두근거리는 마음을 진정시켰다.

오늘 특집 방송을 하고 나면 이 긴장이 풀릴 것이다.

그래도 건형에게 이 퀴즈쇼는 여러모로 의미가 남다른 프로그램이었다. 그에게 막대한 상금을 가져다줬고 또, 명예를 얻게 해 줬다. 그뿐만 아니라 여러 좋은 사람들을 만나게 해 준 아주 좋은 기회였다.

설령 이 방송이 언젠가 종영된다고 해도 그 인연은 계속해서 유지될 테니 말이다.

물론 막내 작사하고는 여전히 사이가 좋지 않겠지만.

문득 막내 작가를 떠올린 건형은 피식 미소를 지었다. 그 당시엔 건형도 어쩔 수 없는 노릇이었다. 갑자기 얻게 된 능력에 지식을 쌓기 시작하면서 끝도 모르게 자신감이 늘어난 상태였다. 그 와중에 퀴즈쇼 예선에 출전해서 모든 문제를 싹쓸이해 버렸다.

자신감은 하늘 끝까지 닿아 있는 상태, 당연히 의기양양해할 수밖에 없었다.

아마 막내 작가는 그날 그렇게 했던 행동에 자신을 재수없고 고깝다고 생각하고 있는 거 같긴 했지만 말이다.

지금이었다면 그런 행동은 하지 않았을 터였다. 그렇게 자신을 돋보이는 건 여러모로 피곤한 일이라는 걸 뒤늦게 깨달았으니까.

그래도 그날 그렇게 하지 않았다면 생방송에 출연하지도 못했을 테고 지현도 못 만났을지 몰랐다.

아니, 애초에 퍽치기를 당하지 않았다면 이 능력을 얻는 것 자체가 불가능했을 것이다.

그렇다고 해서 또다시 퍽치기를 당하고 싶다는 생각은 없었지만.

그렇게 이런저런 잡생각을 하고 있을 무렵 생방송이 시작할 시간이 됐다.

건형은 주변을 둘러봤다. 옆에는 메인 MC 장범수가 서 있었다. 그리고 그 가운데 촬영장을 백여 명이 둘러싸고 있었다. 전부 다 자리에 앉아 있었는데 이들이 오늘 건형한테 퀴즈를 내고 싶어서 오프라인으로 참가한 바로 그 도전자들이었다.

어떻게 해서든 건형을 이길 수만 있다면 '퀴즈의 신'이라는 칭호는 따놓는 것이나 다름없어져 버리니 말이다.

물론 그와 동시에 방송은 폭파되겠지만. 그리고 마침내 생방송이 시작됐다.

* * *

지현을 비롯한 플뢰르 회원들은 텔레비전 앞에 나란히 앉았다. 오늘은 퀴즈의 신이 방송하게 되는 날이었다.

플뢰르 회원들은 한 달 전에 '대한민국, 퀴즈에 빠지다!'를 본 적이 있었다. 같은 회원인 지현이 이날 보조 MC 역할로 생방송에 출연했기 때문이다. 그리고 2주 전에도 방송을 본 적이 있었다. 그날은 보조 MC가 아니라 출연자 역할이었다.

그러나 오늘은 회원 중 아무도 나오지 않기 때문에 다른 방송 프로그램을 볼 예정이었다.

마침 다른 방송국에서 최근 뜨거운 동향인 육아 프로그램을 방송 중이었기 때문에 그것을 볼 생각을 하고 있었다.

그렇지만 시도조차 하지 못하고 그들의 의도는 무산되고

말았다. 그룹 리더이자 맏언니 역할을 하는 지현이 무조건 '대한민국, 퀴즈에 빠지다!'를 봐야 한다고 강력히 주장했기 때문이었다.

그들도 눈치가 없는 건 아니었다. 몇 주 전부터 지현 얼굴에 웃음꽃이 피는가 싶을 때 대충 예상했다가 최근 들어서는 확신이 있었다.

결국, 텔레비전 앞에 도란도란 앉아 있는 상황에 플뢰르에서 지현 다음으로 발언권이 높은 수영이 말을 꺼냈다. 그동안 기회를 벼르고 있다가 오늘 드디어 입을 뗀 것이었다.

"지현아, 너 솔직히 말해야 해."

"응? 뭐가?"

"너 건형 오빠하고 사귀는 거 맞지?"

"뭐, 뭐라고? 열애설 그거 다 거짓말이라니까? 아직도 그걸 믿는 거야?"

"그럼 오늘도 굳이 이 방송을 보려는 이유는 뭔데?"

"친한 오빠가 출연하니까 그렇지."

"그건 그렇다고 쳐. 근데 너 수상쩍은 게 한두 가지가 아니야. 요새 맨날 휴대폰만 만지작거리고 실실 웃고 누구를 무척 그리워하질 않나. 의심 간단 말이야. 그러니까 사실대로 말해. 다들 이미 확신하고 있거든?"

"아니라……."

"그럼 실장님하고 매니저 오빠한테 이야기해도 돼?"

"안 돼!"

"거봐. 그럴 줄 알았어."

수영이 사악한 얼굴로 미소를 흘렸다.

지현이 한숨을 길게 내쉬었다. 몇 년째 같이 합숙 생활을 한 친자매나 다름없는 사이인데 그룹 구성원들까지 속인다는 건 사실 불가능한 일이었다. 그래도 꼭꼭 숨겨두려고 했는데 이렇게 쉽게 들통 날 줄은 미처 예상하지 못했던 일이었다.

사실상 항복한 지현이 조심스럽게 물었다.

"그렇게 티가 많이 났어?"

"그럼. 안 그래?"

"응. 지현 언니 보고 딱 남자 친구 생겼다고 짐작이 갔어."

리드 보컬을 맡은 하연이도 고개를 끄덕여 보였다.

래퍼인 막내 수현이도 말없이 고개를 끄덕였다.

지현은 얼굴을 붉혔다. 자신은 그동안 꼭꼭 비밀로 숨겼는데 그룹 회원들은 이미 알고 있었으니 부끄러울 수밖에 없었다.

잠시 조용해졌을 때 지현이 차분한 목소리로 말을 꺼냈다.

"그러면 우리 이 방송 계속 봐도 되지?"

나머지 그룹 선수들이 황당한 얼굴로 지현을 쳐다봤다.

그래도 까칠한 성격에 차갑고 이지적인 외모 탓에 팬클럽에서 얼음 공주로 불리는 리더 이지현이 저렇게 나약한 모습을 보일 줄이야.

여태 숱한 연습생이나 아이돌한테 대시를 받았지만 단 한 번도 수락한 적이 없었는데 유독 건형에게만 저렇게 매달리는 이유가 궁금했다.

"지현아, 저 오빠가 그렇게 좋아? 아주 잘생긴 것도 아니고 돈이 엄청나게 많은 것도 아니잖아. 그냥 퀴즈 하나 잘 맞추는 것뿐인데 그렇게 좋아?"

"응, 나중에 한번 소개해 줄 테니까 이야기 한 번 나눠 봐. 그러면 오빠 매력을 금방 알게 될 거야. 텔레비전으로만 봐서는 볼 수 없는 묘한 매력이 오빠한테 있거든."

"어휴, 지극정성이다. 지극정성. 팬들이 이 사실을 알면 제대로 난리 날 텐데 어떻게 하려고."

"그건 그때 생각해 볼 문제지 뭐. 아, 시작한다. 쉿!"

순식간에 그룹 선수들이 조용해졌다.

　　　　*　　　　*　　　　*

　생방송이 시작되고 메인 MC 장범수가 입을 열었다.

　"안녕하세요, 시청자 여러분! 오늘은 '대한민국, 퀴즈에
빠지다!'가 아니라 퀴즈의 신으로 여러분을 찾아뵙게 되었
습니다. 퀴즈의 신은 특집 프로그램으로 앞으로도 종종 찾
아뵐 예정이니 여러분의 따뜻한 관심과 성원 부탁합니다.
퀴즈의 신은 프로그램 특성상 생방송으로 진행되며 진짜
퀴즈의 신이 맞는지 궁금하다 싶은 분은 방청 신청을 하시
면 이곳에 직접 오셔서 질문하실 수 있습니다. 그러면 퀴즈
의 신을 만나보도록 하겠습니다!"

　환호성이 퍼지고 조명이 확 퍼지며 건형이 모습을 드러
냈다.

　"안녕하세요. 과분하게 퀴즈의 신으로 불리고 있는 박건
형이라고 합니다. 이렇게 인사드리게 되어 영광입니다. 오
늘이 두 번째 생방송인데 첫날보다 더 떨리는 거 같습니다.
시청자분들이 적당히 난이도 있는 문제를 내 주실 거라고
믿겠습니다."

　"하하, 겸손이 지나치신데요. 참고로 대기실에서 제가

몇 가지 문제를 내 봤는데 순식간에 맞추더군요. 건형 씨, 그렇게 잘 맞추는 비결이라도 있나요?"

"책을 많이 읽는 습관을 기르는 게 중요한 거 같습니다. 요즘은 대부분 책을 읽기보다는 컴퓨터 게임을 주로 하는 편이니까요."

"확실히 책을 읽는 게 많이 줄어들긴 했죠. 좋습니다. 그러면 시작하기 전에 우선 상품 관련해서 이야기해 드리겠습니다. 방송은 모두 세 부분으로 나뉘며 전화 참가, 인터넷 참가 그리고 여기 공개 방송 참가 이렇게 세 개로 진행이 됩니다. 건형 씨는 생방송 진행 동안 모든 전자기기를 이용할 수 없게 될 겁니다. 매 부분이 끝날 때마다 건형 씨가 가장 인상 깊었던 문제를 낸 분을 고르게 되는데요. 그분에게 상품을 주게 됩니다. 그럼 시작해 볼까요?"

처음은 전화 참가였다.

방송국에 전화를 걸면 방송국 관계자와 몇 가지 질의응답을 거친 뒤 질문할 기회를 가져가게 되는 것이었다.

그리고 첫 도전자와 연결이 됐다.

[안녕하세요, 저는 경북 구미시에 사는 김춘옥이라고 합니다.]

"처음 뵙겠습니다. 박건형입니다."

[지난번 왕중왕전 때 정말 인상 깊게 봤는데요. 이거 바로 질문하면 되는 건가요?]

"네, 그렇습니다. 어떤 문제든지 상관없습니다. 그렇다고 해서 수학계의 7대 난제 뭐 이런 걸 증명해 달라는 건 정중히 사양하겠습니다. 퀴즈는 있는 답을 힌트로 맞히는 거고 수학적 증명은 아직 없는 답을 만들어 내는 거거든요."

[아…… 그래요? 그건 모르겠고 제 질문 드릴게요. 제가 구미 태생이다 보니 사투리를 주로 쓰는데요. 돔배기가 뭔지 아시려나요?]

돔배기.

건형은 당연히 그 뜻이 무엇인지 알고 있었다.

대구, 경북 지역에서 빠질 수 없는 추석 음식으로 이 단어의 뜻은 바로.

"정답은 상어 고기입니다."

[너무 쉬운 질문을 드린 게 아닌지 모르겠네요.]

"아닙니다. 그쪽 지방에 사는 사람이 아니면 모를 수 있는 말이니까요. 감사합니다."

첫 번째 문제는 생각 외로 쉬웠다. 하지만 그 이후 이어진 문제는 꽤 난도가 있었다.

그러나 건형은 계기 포인트를 활용해가면서 문제를 풀었다.

그렇게 약 한 시간에 걸친 생방송이 끝을 맺을 시간이 되었다.

이제 마지막 한 문제만을 남겨 둔 상태였다.

방청석에 앉아 있는 여성 시청자가 손을 들어 올렸다.

마지막 참가자였다.

"안녕하세요. 저는 김연주라고 해요. 지난번 왕중왕전 때 감명 받고 오늘 꼭 이 자리에 오고 싶었어요."

"아, 감사합니다. 그럼 질문하시겠어요? 마지막 질문이라고 생각하니 더 떨리는 거 같네요."

"그렇게 대단한 질문은 아니에요. 사실 저는 취업 준비생인데요. 대학교 졸업하고 벌써 2년째 직장을 구하지 못하고 있어요."

"아, 네."

방송을 지켜보던 진명제 PD의 낯빛이 어두워졌다. 한창 시청률도 잘 나오고 있고 반응도 뜨거워서 이 정도면 충분하겠다, 라고 생각하고 있었다.

그런데 한 여성 시청자가 뜬금없는 이야기를 하고 있었기 때문이다. 방청 신청을 한다고 해도 미리 전화 통화를 해서 사전에 이야기를 나누어 보고 별 문제가 없다고 판단될 때에만 들여보내게 되어 있다. 그리고 그녀도 그냥 퀴즈 쇼를 좋아하고 즐겨보는 평범한 시청자였다. 문제는 지금 괜히 엉뚱한 이야기를 하고 있다는 것이었다.

하지만 생방송이라서 개입하는 게 쉽지 않다는 게 문제였다. 자칫 잘못했다가는 방송 사고가 될 수 있는 일이었으니까.

어떻게 해야 할지 다들 발을 동동 구르고 있을 때 진명제 PD가 나지막한 목소리로 말했다.

"다들 조용히 해. 방해하지 말고. 일단은 들어 보고 문제가 있으면 그때 개입해. 카메라 팀은 클로즈시킬 준비하고. 언제든 카메라 메인 MC한테 돌릴 준비 하고 있어. 조명팀도 준비해 두고."

"네."

진 PD는 입술을 질끈 깨물었다. 무리수로 생각했던 특집 방송이 성황리에 종료되는 것까지 얼마 안 남은 상황에서 이런 폭탄이 터지리라고는 미처 예상하지 못했기 때문이었다.


진 PD의 우려와 다르게 건형은 차분히 그녀의 말에 귀를 기울이고 있었다. 건형은 표정으로 그녀의 마음 상태를 읽을 수 있었고 지금 그녀가 거짓말을 하는 게 아니라 진심을 담아 이야기한다는 걸 알 수 있었다.

"말해 보세요."

부드러운 건형 목소리에 그녀가 용기를 내어 말했다.

"제 나름대로 온갖 노력을 다해 봤어요. 그러나 취업시장은 비좁기 그지없더라고요. 요즘은 부모님 얼굴 뵙는 것도 미안할 정도예요. 가끔은 죽고 싶다는 생각마저 했으니까요."

"……."

다른 방청자들도 숨을 죽이고 그녀의 말에 귀를 기울였다. 이 자리에 있는 이십 대 청년들은 그녀 말이 공감 갈 수밖에 없을 터였다.

청년 실업 수백만 명, 건형도 이 능력이 없었다면 저 중 한 명이 되었을지도 모를 일이었으니까.

"어떻게 해야 제가 다시 일어설 수 있을까요?"

건형은 와이드너 도서관을 떠올렸다.

그때도 이러했다. 누군가 마음에 상처를 갖고 있었고 자신은 그것을 해결해 주고 싶었다. 그리고 그는 뇌에서 무의식적으로 능력을 끌어왔고 그것으로 그녀 마음의 상처를 치유해 줬다.

이번에도 마찬가지였다.

그녀는 그런 기적을 바라고 이곳에 나온 것일지도 몰랐다.

건형이 차분한 목소리로 입을 열었다.

"이것도 퀴즈는 아니지만 한번 대답해 보겠습니다. 그 이전에 제 이야기를 들어 보세요."

그리고 건형은 자신에게 어떤 일이 있었는지 간략하게 이야기했다.

퍽치기를 당해서 아르바이트로 모았던 학비를 잃어버리고, 그 때문에 절망할 때 공사장에 다니며 노가다로 학비를 벌었던 일. 그러다가 평소 좋아하던 퀴즈쇼에 참가하게 됐던 것까지.

사람들은 놀란 얼굴로 그런 건형을 바라봤다.

건형에게 그런 일이 있을 거라고는 생각지도 못했다.

"아버지가 저한테 한 말이 있어요. 사람은 누구나 재능을 가지고 태어난다. 그 재능이 발현하는 것에는 시간의 차이가 있을 뿐이다. 언제고 사람은 그 재능이 드러나게 되어 있다. 그건 당신도 마찬가지로 생각해요. 언젠가 당신에게도 그 재능이 꽃피워질 거라고 생각합니다."

건형은 그녀를 바라봤다. 자신의 능력은 자신에게만 통용되는 것이었다. 그는 이 능력을 통해서 뇌를 일깨웠고 지적 능력을 끌어올렸으며 최근에는 신체 능력도 향상할 수 있었다.

혹시 이 능력, 전뇌력으로 타인에게 영향을 미칠 수는 없는 것일까?

왠지 모르게 될 거 같다는 생각이 들었다.

건형은 자리에서 벗어나 그녀에게 다가갔다.

진 PD는 급작스러운 행동에 멈칫하다가 그대로 진행하라는 사인을 보냈다.

일촉즉발의 상황, 여자 앞에 다가간 건형이 그녀의 손을 잡았다. 그리고 차분한 목소리로 말했다.

"당신의 재능을 일깨워 보세요. 숨겨진 재능이 반드시 드러날 거예요."

그 순간 건형은 뇌의 힘을 일깨웠다.

그러자 그의 의지가 담긴 힘이 뇌에서 일어났고 평소보다 훨씬 더 강렬한 힘이 뿜어져 나오기 시작했다.

건형은 온몸이 산산조각 부서질 거 같다는 생각이 들었다. 타인의 신체에 간섭한다는 건 생각보다 훨씬 더 어렵고 위험한 일이었다.

그러나 이미 칼끝 위에 놓인 상태였다.

물러나기보다는 나아가는 방향을 선택했다.

그 순간 빛이 뿜어져 나왔다. 마치 누군가 환한 플래시를 터트린 것처럼 두 사람 주변에 빛이 뿜어지고 있었다. 그러는 동안 건형은 그녀의 잠재력을 끌어올리는 데 집중하고 있었다.

자신의 힘으로 그녀의 뇌를 일깨워서 그녀가 가진 자질을 찾아내는 데 집중하게 했다.

그렇게 짧은 시간이 지났다.

텔레비전을 보던 시청자들도 순간 화면이 환해졌다고 느꼈을 정도로 극히 짧은 시간이었다.

그때, 건형이 붙잡고 있던 손을 놓았다. 온몸에 힘이 쭉쭉 빠지고 있었다.

그는 힘겹게 계단을 걸어 내려왔다.

그 순간 그녀가 희열에 찬 목소리로 말했다.

"저, 정말 감사해요. 정말."

무언가를 본 것일까?

그녀의 얼굴에는 환희가 가득했다.

건형은 어색하게 미소를 지어 보였다.

메인 MC 장범수가 그녀를 쳐다보며 물었다.

"질문은 해결됐나요?"

"네, 물론이에요. 정말 감사드려요."

그렇게 첫 생방송은 의문점을 남긴 채 마무리됐다.

그때까지 시청자들은 무슨 일이 벌어진 것인지 알지 못하고 있었다.

생방송이 끝나고 건형은 그대로 탈진해 버렸다. 온몸에 힘이 하나도 들어가지 않았다. 전뇌력도 끌어올릴 수가 없었다. 그냥 물에 적셔진 솜처럼 축 늘어져 있었다.

그때, 대기실에 진 PD가 들어왔다. 그런데 동행이 있었다. 아까 전 자신에게 질문했던 그 여자였다.

"이분이 계속해서 고집을 부리더라고. 무조건 건형 씨하고 대화해야 한다고 말이야. 괜찮겠어?"

건형은 힘없이 고개를 끄덕였다. 그가 나가고 대기실에 두 사람만이 남았다.

건형이 물었다.

"무슨 일로 저를 보자고 하신 건가요?"

"어떻게 하신 거죠?"

"무슨 말씀이시죠?"

"갑자기 머릿속에 이상한 게 막 떠올라요. 무슨 그림 같은 거예요. 저는 어릴 때 유치원에서 그림 학원을 반년 남짓 다닌 게 전부였는데 그림을 그리고 싶어 미치겠어요. 도대체 어떻게 하신 거예요?"

"저는 단순히 당신의 잠재력을 일깨워 드린 것에 불과해요. 그것이 무엇으로 나타났든 그것은 당신이 원래 가지고 있던 몫이에요."

"믿기지 않아요. 정말 이게 제게 주어진 그 재능이라는 건가요?"

"그럴 거예요. 한번 그려보겠어요?"

주변을 뒤적이던 건형은 마땅한 게 없자 대본을 그녀에게 건넸다. 대본 뒷면은 공백이었다. 그것을 집어든 그녀가 천천히 그림을 그리기 시작했다.

한 이십여 분 정도 지났을까?

그녀가 조심스럽게 그림을 내밀었다. 그 순간 건형은 놀란 얼굴로 그 그림을 바라봤다. 마치 그림 안에 있는 인물이 살아 숨 쉬는 것처럼 생동감 있게 자신을 바라보고 있었다. 그림 속 인물은 다름 아닌 자신이었다.

"대단하네요."

"머릿속에 여전히 그리고 싶은 게 많아요. 지금이라도 당장 화방을 가고 싶을 정도예요."

"마음껏 그리세요. 숨겨졌던 재능을 지금이라도 펼쳐 보이세요. 아, 그리고 오늘 있었던 일은 비밀이에요. 무슨 말인지 알겠죠?"

그녀가 고개를 끄덕였다. 그녀도 알고 있었다. 건형이 자신의 잠재력을 자극하려고 얼마나 무리했는지. 지금 건형을 보면 딱 안색이 파리해진 게 눈에 들어오고 있었으니 말이다.

"정말 오늘 감사했어요. 이 은혜 평생 잊지 않을게요."

"좋은 그림 많이 그려주세요. 이 그림은 꼭 간직해 둘게요."

그녀가 대기실을 나가고 건형은 자신을 탓했다. 처음 해보는 일이었다. 그래서 힘이 과도하게 들어갔다. 그렇다 보니 본의 아니게 그녀의 잠재력을 지나치게 일깨우게 됐다.

그러면서 그녀에게 굉장한 능력이 생겨 버렸다. 물론 건형에게 비할 바는 아니지만, 반년 정도 유치원에서 그림을 배웠다는 이십 대 중반의 여성이 웬만한 화가 저리 가라 할 정도로 대단한 그림을 그리게 된 것이었다.

그것을 보며 타인에게 이 능력을 쓰는 건 위험하다는 걸 깨달았다.

만약 이건 가정이긴 하지만 사이코패스의 기질을 가진 사람에게 살인이라는 잠재력을 일깨워 준다면 어떻게 될까?

그 사람은 전무후무한 살인마가 될 수도 있었다.

그런 일이 오늘 터지지 않은 걸 다행이라고 여겨야 했다.

어차피 그녀도 반신반의하고 있는 듯했으니 밖에 나가서 자신이 그녀를 화가로 만들었다, 뭐 이런 이야기는 하지 않을 게 분명했다. 그랬다가 괜히 미친 사람 취급받을 수도 있을 테니까.

그래도 앞으로는 주의에 주의를 기울여야 할 거 같았다.

아무리 생각해 봐도 무리하게 능력을 사용한 것이었다.


본의 아니게 또 다른 능력을 알게 된 건형은 한 시간여가 지난 뒤에야 일어설 수 있었다.

그러나 전뇌력은 여전히 사용할 수 없었다. 아무래도 단단히 무리가 간 듯 잠깐 이용이 불가피했다.

그래도 그동안 노력해 온 게 있어서 그런지 웬만한 건 술술 대답할 수 있었다. 그것은 신체적으로도 마찬가지였다.

등촌동에 있는 공개홀에서 나온 건형은 택시를 타고 집으로 향했다. 그러는 동안 휴대폰이 계속해서 울리기 시작했다. 누군지 확인해 보니 지현이었다.

"어, 미안. 몸이 안 좋아서 잠시 누워 있었어. 무슨 일이야?"

[방송 마지막에 그 여자 손은 왜 잡은 거야?]

건형은 삐질삐질 땀을 흘렸다. 식은땀이 줄줄 흐르기 시작했다. 무슨 일인가 했더니 그것을 콕 짚어서 이야기할 줄은 몰랐다.

그렇다고 그녀의 잠재력을 끌어올리기 위해서 신체적으로 접촉할 수밖에 없었다고 이야기할 수도 없었다.

"그게 가장 극적으로 보여서 그럴 수밖에 없었어."

[치. 다음부터는 그러지 마. 괜히 기분이 이상했단 말이야.]

여자친구의 그런 질투에 건형이 피식 미소를 지었다.

[뭐야, 지금 웃은 거야?]

"아, 네가 너무 귀여워서. 그보다 어디야? 베란다야?"

다른 멤버들한테 들키지 않으려고 전화할 때면 매번 베란다에 나가 있는 걸 잘 알고 있었다.

그런데 그녀의 대답은 의외였다.

[아니, 방 안이야.]

"멤버들은? 다 나간 거야?"

[같이 있어. 바로 옆에서 귀 쫑긋하게 한 채 듣고 있거든. 어휴.]

"걸린 거야?"

건형이 조심스러운 목소리로 물었다. 그 말에 수영이 짐짓 화난 어조로 말했다.

[어떻게 우리 지현이 꼬신 건지는 모르겠지만, 각오 단단히 해 둬요! 지현이 울리기라도 하면 제가 가만히 안 둘 거예요!]

건형은 그녀가 지현과 동갑내기인 수영이라는 걸 단숨에 짐작할 수 있었다.

"앞으로 잘 부탁할게요. 지현이도 잘 부탁해요."

[체, 그렇게 말하면 누가 들어줄 줄 알아요? 하는 거 봐서 생각해 볼게요.]

"나중에 맛있는 거 잔뜩 사 들고 찾아갈게요."

[맛있는 거요? 어떤 거요?]

옆에서 지현이 말리는 듯한 목소리가 들렸다. 아무래도 왜 자기 오빠 돈 많이 쓰게 하려고 그러냐고 티격태격 대는 모양이었다.

그러나 수영도 절대 봐줄 수 없다는 듯 의기양양한 목소리로 이야기했다.

[비싼 거 아니면 문 안 열어줄 거니까 그렇게 알아요! 지현이 바꿔 드릴게요.]

그러고는 곧장 지현을 바꿔 버렸다.

[오빠, 미안해. 애들이 워낙 짓궂어서.]

"아니야. 잘 지내는 거 같아서 다행이네. 자주 얼굴 못 봐서 미안했거든. 나중에 진짜 맛있는 거 많이 사 들고 찾아갈게."

[응, 알았어. 또 연락하고…….]

옆에서 수영이 눈치를 줬다.

"아직도 사랑한다는 말 못 들었다며? 연인이면 그 정도 말은 기본 아니야? 눈치라도 줘 보던가."

잠시 휴대폰을 내려놓은 지현이 고개를 설레설레 저었다. 수영이 그런 지현을 보며 한심하다는 얼굴로 입을 열었다.

"학교 다닐 때 연애해 본 적 없어?"

"중학교 때부터 연습생 생활했잖아."

그리고 플뢰르의 소속사는 여자 배우하고 여자 아이돌밖에 없다. 그렇다 보니 연애할 환경 자체가 만들어질 수 없었다. 다른 소속사 배우나 아이돌하고 연애하면 모를까.

그러나 그건 데뷔하지 않은 연습생이나 갓 데뷔한 신인들에게는 애초에 해당 사항이 없는 일이었다.

"일단 끊어. 그리고 나중에 얼굴 보고 직접 물어봐. 남

자는 단순해서 직접 이야기하지 않는 이상 못 알아들으니
까."

"아, 알았어."

상대적으로 연애 고수인 수영의 말에 지현은 냉큼 전화
를 끊었다. 그리고 본격적으로 어떻게 해야 남자를 확 집어
삼킬 수 있을지 배워 나가기 시작했다.


한편 전화를 끊은 건형은 오한에 시달려야만 했다.

택시 기사 아저씨는 그런 건형을 보며 고개를 갸웃거렸
다. 에어컨을 켜 두지도 않았는데 저렇게 바들바들 떠는 게
이해가 가질 않아서였다.

"학생, 도착했어."

택시비를 내고 내린 건형은 몸을 바르르 떨며 집으로 들
어섰다. 그리고 커피를 한 잔 끓여 마실 때였다. 이번에는
민수한테서 전화가 왔다. 그러고 보니 민수하고 만난 지도
꽤 됐다. 민수는 공무원 시험을 준비하느라 바빴고 건형도
학교 다니고 지혁한테 훈련받는다고 바빴기 때문이었다.

"민수 형, 오랜만이에요."

[그동안 연락도 안 하고 서운하네?]

"형, 공무원 시험 준비하느라 바쁘잖아요. 그래서 연락

하는 게 좀 어려웠어요. 괜히 공부 방해하는 거 아닌가 해서요."

[에이, 그래도 네 전화는 받을 시간이 있지. 그보다 오늘 방송 잘 봤다. 오늘 네 생방송 한다길래 보는데 정말 좋더라. 특히 마지막에 좋았어.]

"네? 그게 뭐라고요?"

[이 세상에 재능이 없는 사람은 없다. 다만 그 재능이 꽃피우는 시기가 차이 날 뿐이다. 정말 좋은 말이었어. 아마 취업 준비생 중에서 몇몇 사람들은 그거 듣고 정말 감명받았을 거야. 나도 감명받았고.]

"그렇게 띄우지 마세요. 별거 아니었는데요. 뭘."

[아니야. 나는 네가 그렇게 사람의 마음을 울릴 수 있는 사람이 되었으면 좋겠어. 요새 얼마나 살기 퍽퍽하냐. 세금은 허구한 날 오르고 월급은 줄어들고 실업률은 올라가고. 진짜 살기 퍽퍽한데 너라도 그런 사람들한테 희망이 되어 줬으면 좋겠다.]

"제가요? 그럴 수 있을까요?"

[너는 재능이 있잖아. 네 재능으로 많은 사람을 돕는다고 생각해 봐. 정말 생각만 해도 좋을 거 같다. 물론 네 삶을 포기하라는 게 아니야. 시간적인 여유가 되는 한에서 그렇

게 해 달라는 거지.]

　민수와의 전화가 끝나고 건형은 곰곰이 생각에 잠겼다.

　민수가 무슨 말을 하고 싶어 하는지 알 거 같았다.

　빈부격차에 점점 치솟는 실업률과 물가.

　세상이 가난한 사람은 살기 힘들어지고 있었다.

　이제는 예전처럼 개천에서 용 나는 건 불가능한 환경이
되어 가는 중이었다.

　어째서 이런 일이 계속되는 것일까.

　그것은 사회 전체의 문제라고 할 수 있었다.

　물론 개인이 게을러서 그런 것일 수도 있었다.

　그렇지만 그보다는 이 사회 전체가 병들어 있다고 봐야
했다.

　정경유착, 쓸데없는 증세. 증세해도 복지에 돌아가는 게
아니라 부자들과 고위직 공무원들의 호주머니를 배부르게
하고 있었다.

　거기에다가 곳곳에서 일어나는 흉악 범죄들.

　이런 것들을 근절하지 않는 이상 이 나라가 바뀌길 원한
다는 건 요원한 일이었다.

　아버지가 어째서 그 일을 한 것일까?

　왜 위험을 무릅쓰고 그런 정보들을 모은 것일까.

건형은 어렴풋이나마 그 이유를 알 거 같았다.

아버지도 분명히 이 사회를 바꿔 나가고 싶어 했을 것이다. 부정부패에 정경유착, 그리고 부익부 빈익빈이 점점 더 심화하는 이 사회를 변화해 나가고자 했을 것이다.

정의롭고 올바른 사람들이 손해 보지 않는 그런 사회로 말이다.

지혁이 온갖 정보들을 모은 것도 다 그런 이유에서였다.

그게 다 이 사회를 개혁하는데 커다란 도움을 줄 테니 말이다.

그러니까 끊임없이 위협을 받은 것이고 급기야 아버지를 교통사고로 위장해서 죽이고 순직마저 무마하려 했던 것이리라.

그렇다면 자신에게 이 능력이 생기게 된 배경은 무엇일까?

우연일 수도 있다.

하지만 다르게 생각해 보면 아버지가 자신에게 이 능력을 준 것일지도 몰랐다.

이 세상을 살기 좋은 곳으로 바꿔 달라는 의미에서 말이다.

어디까지나 지금 이 생각은 가설이긴 했다.

그렇지만 그럴 만한 가능성도 있는 이야기였다.

건형은 생각을 차분히 정리했다.

그리고 자신이 나아가야 할 방향을 정리해 봤다.


남을 도울 능력이 되면 도와야 한다.

언젠가 사람은 자신에게 주어진 재능을 꽃피울 날이 오게 된다.

세상을 올바르게 바꾸고 싶었다.


아버지가 했던 이야기들이 머릿속을 맴돌았다.

건형은 책상 서랍 한편에 놓인 아버지 수첩을 들어 올렸다. 그리고 천천히 수첩을 넘기기 시작했다. 몇 번 정독해서 이젠 그 안의 내용을 다 외우고 있지만, 아버지의 글씨를 보면서 한 번 더 생각을 정리해 보고 싶었다.

그렇게 수첩을 쭉 읽어 내려갈 때였다.

희미하게 남아 있는 글자가 보였다.

건형은 의아한 얼굴로 그 자국을 지켜보다가 어릴 때 자주 하던 장난을 떠올렸다. 그 자국 위에 흰 종이를 가져간 다음 까만색 연필로 그 위를 덧칠하면 무슨 글씨가 적혀져 있는지 확인할 수 있을 터였다.

건형은 조심스럽게 까만색 연필을 대고 쓰삭쓰삭거려 봤다. 그리고 천천히 수첩에 적어 둔 내용이 뜨기 시작했다.

내용을 확인한 뒤 건형의 눈시울이 붉어졌다.

수첩에 적힌 내용은 이러했다.

[어쩌면 이날이 내 마지막 날이 될지도 모른다. 점점 더 그들은 나를 압박하고 있고 그들의 협박의 강도도 강해지고 있다. 내 목숨이 아까운 건 아니다. 다만 하나 바라는 게 있다면 내 목숨보다 더 사랑하는 가족들에게 아무런 피해도 있지 않았으면 하는 게 유일한 소망일 뿐이다.]

건형은 수첩을 접었다.

아버지는 불의를 싫어해서 그런 길을 택했을 수도 있다.

그러나 자신의 생각은 조금 달랐다.

이렇게 정보만 모으는 건 아무 의미가 없었다.

직접 나서서 움직여야 했다.

단순히 정보만 모은다고 해서 그것으로 해결할 수 있는 건 아무것도 없다고 봐야 했다.

그보다 실행으로 옮기고 정말 문제 있는 사회악을 해결해야 했다.

차라리 그렇게 하는 게 이 찌든 사회를 바로잡는 실마리가 되어줄 수 있을 것이었다.

왜 아버지는 목숨을 바쳐서 이렇게 이 사회를 개혁하려
했을까?

평범한 소시민으로 살았으면 아무 일도 없었을 텐데 말
이다.

그렇게 소중하게 생각하던 가족들을 뒤로 한 채 말이다.

건형은 어렴풋이나마 그것을 짐작할 수 있을 것 같았다.

아버지는 미래를 생각한 것이 아닐까?

더 나은 미래를 물려주고 싶었던 게 아닐까.

그렇게 고민하고 있을 때였다.

휴대폰으로 전화가 왔다.

발신자는 헨리 잭슨이었다.

하버드 대학교의 저명한 그 교수!

건형은 의아한 얼굴로 전화를 받았다.

"여보세요? 헨리 교수님?"

[미스터 팍, 잘 지냈습니까? 그동안 학회 때문에 바빠서
연락을 제때 하지 못했습니다.]

"괜찮습니다. 혹시 무슨 일이 있으십니까?"

[하하, 용건만 간단히 하길 원하시는 겁니까? 좋습니다.
제가 미스터 팍에게 연락을 한 건 한 가지 제안하고 싶어서
입니다.]

제안하고 싶다는 말에 건형이 조심스러운 목소리로 물었다.

"무엇을 제안하고 싶어 하시는 거죠?"

[미스터 팍, 제가 최근 준비 중인 논문이 하나 있습니다. 세계를 깜짝 놀라게 할 그런 발표죠. 그런데 도와줄 사람이 필요합니다. 그리고 저는 미스터 팍을 원합니다.]

"저를요?"

건형이 고개를 갸웃거렸다. 지난번 학회에 참석해서 이야기를 주고받았지만 어떻게 저렇게 자신을 신뢰하는 것인지 그게 궁금했다.

[예. 도와주시겠습니까?]

단도직입적인 말에 건형이 머뭇거리다가 대답했다.

"생각해 보겠습니다."

[알겠습니다. 좋은 대답을 들을 수 있기를 바랍니다. 이것은 미스터 팍에게도 분명히 좋은 기회가 될 것입니다.]

전화를 끊고 건형은 어째서 헨리 교수가 저런 제의를 한 것인지 곰곰이 생각에 잠겼다. 왜 자신을 지목한 것인지도 궁금했다. 그의 곁에는 마이클이나 제인 같은 뛰어난 학자들이 많았으니까.

그렇게 곰곰이 생각을 정리할 때였다.

또다시 휴대폰이 울렸다.

건형이 액정을 확인했다. 지혁이었다.

"아저씨?"

[인마, 형이라고 부르라니까. 나 너하고 그렇게 나이 차이 많이 안 나.]

"하하, 여하튼 어쩐 일이세요?"

[ANK 엔터테인먼트하고 관련이 있는 이야기다.]

ANK 엔터테인먼트라면 지현이 소속되어 있는 플뢰르의 소속사다. 그곳과 관련이 있는 이야기라는 말에 건형이 촉각을 곤두세웠다.

"무슨 일이죠?"

[누군가 ANK 엔터테인먼트에 손을 뻗고 있다. 그리고 주식을 계속해서 사들이고 있다. 그 지현이라는 여자애하고 관련이 있는 곳이라 자세히 알아봤는데…….]

지혁이 말끝을 흐렸다.

그가 말끝을 흐리는 경우는 하나다.

좋지 않은 이야기라는 것이다.

건형이 차분한 목소리로 물었다.

"무슨 일이죠?"

[지난번에 고아원에서 지현이가 소규모로 공연을 한 적

이 있지? 그거 때문에 주식을 사들이는 놈들이 지현에게 관심이 있는 모양이다. 아마 플뢰르, 정확히 말하면 지현이를 노리고 있는 거 같다.]

"지현이를요?"

[그래, 돈이 될 거라고 여긴 거지. 문제는 그게 아니다. 그곳이 괜찮은 곳이면 상관없는데 연예계 바닥에서 소문이 좋지 않은 곳이다. 그곳 소속 여배우 한 명이 성 접대 때문에 자살했다는 말도 오갔을 정도니까.]

"그거 사실인가요?"

[……그래. 쓰레기 같은 곳이지. 그래서 너한테 바로 연락한 거다. 어떻게 할 생각이냐?]

건형이 입술을 깨물었다.

그의 얼굴에 분노가 어렸다.

지혁의 말이 사실이라면 무조건 막아야만 했다.

"도와주실 수 있어요?"

차가운 한기가 느껴지는 말투다.

지혁이 쾌활하게 웃으며 대답했다.

[물론이지.]

가만히 지켜보고만 있지는 않을 것이다.

그가 돌아온 것이다.

새로운 다크 나이트가.

완전기억이라는 능력을 갖추고.

〈다음 권에 계속〉